勇者パーティーを追放された
白魔導師、Sランク冒険者に
拾われる
White magician exiled from the Hero Party, picked up by S-rank adventurer
3
水月 穹
ill. DeeCHA

テスタ
破壊の勇者
セリオン
氷晶の勇者

「我が名は偉大なる大黒魔導師シノ！ただいま、深淵より帰還したぞ、皆の者、待たせたな」
シノ
黒魔導師

「これはいったいどういうつもりなの!?」
ユイ
Sランク冒険者

「童もこの格好はちと嫌じゃ」
リョウエン
王国公認の
魔法研究者

「聖剣と同じ類いか……」
おそらく無理だろう、
そう思いながら俺は魔杖に手を伸ばした……
ロイド
白魔導師

勇者パーティーを追放された白魔導師、Sランク冒険者に拾われる

～この白魔導師が規格外すぎる～

3

水月 穹　ill. DeeCHA

デザイン　世古口敦志+前川絵莉子(coil)
イラスト　DeeCHA

contents

プロローグ

——何故、師匠は俺を拾ったのだろう。

ふと、そんなことを考えることが過去にも、幾度かあった。
もっとも、イシュタルまで家出してからは毎日が新鮮で何かと忙しかったこともあり、そんなことを考えることもなくなったが。

「こんなことを考えるのは久し振りだな」
王都到着から、一週間を迎える今日。
憂鬱なことが先に控えており、あまり眠ることができなかったせいか、ただの偶然か。
久し振りにそんなことを考えてしまった。
かなり幼かったこともあり、当然、拾ってもらった頃の記憶などない。
思い出すのは、キツイ鍛錬と研究の日々。

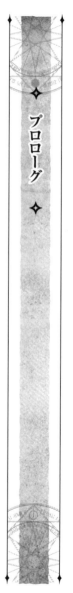

そんな思い出も、時間がたったからか、どこか懐かしく良い思い出に感じてしまう。

これを「思い出補正」と言うのだろうか。

だが、あの日々がなければ今がないのも事実であり、今の俺がそれを完全に否定することはできなかった。


「……そう言えば」


そんなことを考えていて、俺はとあることを思い出す。

それは師匠にかなりキツく怒鳴られた日のこと。

いや、別に師匠が怒ること自体はさして珍しくもなんともないのだが。

あの時だけはやけに真面目というか、必死だったというか。

とにかく、雰囲気が違ったのを思い出せる。

あれは……何の時だっただろうか。

「えーと……」

思い出そうと、記憶を遡《さかのぼ》る。

しかし、重要な部分だけ、まるで記憶に靄《もや》がかかっているかのように、どう頑張っても思い出すことができない。

「確か、師匠の部屋に忍び込んで……」

そこで俺は〝何か〟をした。


あれは、何だったのだろう。


そんなに悪いことをした覚えはないが、思い出せない以上、そう断言することはできない。

それからしばらく核心に迫ろうと奮闘するも、その記憶を思い出すには至らなかった。

「はぁ……まぁ、いいか」

思い出せないということは、どうせ大したことではなかったのだろう。

「しょうもないことに時間を使ってしまったな」

だが、お陰様で少し緊張が解れ、憂鬱な気分もほんの少しではあるが軽くなった気がする。

気が付けばもう夜は明けており、すっかり朝になってしまっていた。

「結局、あまり寝られなかった」

可能ならば今からでも二度寝したいところではあるが、今日はそういうわけにもいかない事情があった。

「はぁ……」

憂鬱な気分が再度、込み上げてくる。

それから俺は深いため息をつきながらも、しぶしぶその予定へと向け、準備を済ませるのであった。

第一話　白魔導師、墓穴を掘る

王都に到着してから、かれこれ四日がたった。

護衛終了と同時に、色々と仕事も押し付けられてしまったため、王都に到着してからろくに散策もできていなかったが。

魔族が潜入していないことも分かり、また、自称マーリンの弟子からも一時的に解放され、俺はつかの間の休日を得ることができた。


そして、疲労も回復し、これと言った予定もなかった俺は、冒険者ギルドへと向かっていた。

これからしばらくは王都を拠点として活動することになるだろうからな。

王国一の冒険者ギルドが、どんなものなのかという、視察として。

王国から借りている宿を出てから、歩くこと数十分。

そこには、イシュタルのものに比べても、遥かに大きな冒険者ギルドの建物があった。

流石は王国一の冒険者ギルド。

それに、ギルドの周りの賑わいも大したものだった。

鍛冶屋や居酒屋、防具屋等。いかにも冒険者が好みそうな店が周囲に立ち並んでいて、そのどれもが繁盛しているといった様子だ。

建物に入る前から、他の冒険者ギルドとの違いや、その凄さが伝わってくる。

いったい、建物内はどうなっているのか。

そんな期待を胸に、建物内へと足を踏み入れた。

建物内はかなり広く、従業員もイシュタルの倍以上の人数がいた。

また、そこにいる冒険者の数もけっこうなもので、中にはかなりの手練れと思われる冒険者もいる。

「装備的に見てもAランク……あるいはSランク冒険者といったところか」

数日後にアレがあるせいだろうか。

Sランクと思われる冒険者もちらほらいる。

だが、それを除いてもかなりの手練れと思われる冒険者が多くいた。

勿論、それは母数が多いからこそ、というのもあるだろうが、依頼の多さもその大きな要因と言えるはずだ。

これは、かなり期待できそうだな。

それから、俺は軽くどんな依頼があるのかだけ、確認しようと受付へと向かった。

やはり、依頼の量もかなりのもので、初心者でも受けられる簡単な依頼から、上級者しか受けられないようなかなり難易度の高い依頼まである。

「ポーションの材料となる薬草探し……これなら、俺一人でも受けられるかもな」

同じランク帯の依頼の中では、まあまあ報酬が高くなっている。

薬草にも様々な種類があり、だいたいどんな環境に生息しているかを、しっかりと把握しておく必要があるからだろう。

俺のような戦闘を苦手とする職種の人間からすれば、有難い依頼だな。

予め、勉強しておく必要こそあるけど、戦闘系の魔法に手を出すよりよっぽど楽だ。

「薬草の採取……この依頼を受けますか?」

まじまじと依頼書を見つめる俺に、受付の人が優しい声で問いかける。

「いえ、止めておきます」

見る感じ、そんなに採取の難しい薬草でもなく、よい小遣い稼ぎにはなるかもしれないが……。

今日の目的はあくまでも視察。

今はお金に困っているわけでもないし、長きにわたる護衛に、探知魔法による魔族がいないかの判別。

仕事続きだったため、久々の休日を満喫したい。

「すみません。今日はどんな依頼があるかを、確認したかっただけなので」

「そうですか……」


さてと。

長居は無用だ。

どんな依頼があるのか確認は済んだし、帰るとしよう。

「なぁ、知ってるか？　今、この王都にSランク冒険者たちが集まっているんだってよ」

「へー、王国中の冒険者たちが集まってるって言うのはマジだったのか。そういや、見慣れないSランク冒険者も見かけるしな」

「噂じゃ、イシュタルを魔族から護ったっていう、パーティーも来てるらしい」

「モンスターの大群を退けたって言う、例の冒険者たちか⁉」

何処かで聞いたことのあるような話が、耳にはいってくる。

間違いない。

十中八九、ユイたちのことだろう。

まさか、ここでも噂になっているとは。

まぁ、俺たちは少し遠回りし、更に時間をかけて王都へと来ているわけだから、他の冒険者がイシュタルから、あるいはイシュタルを通り、ここへと来ていてもおかしくはない。

「それに、勇者も来てるって話だろ？」

「あぁ、しかも今回の招集にはあの〝氷晶の勇者〟も応じたって話だ」

「あの、聖教国とバチバチにやりあってるっていう勇者が⁉　氷晶の勇者と言えば、どんな権力にも屈しないどころか、それを力で捻じ伏せるような勇者だろ？」

「あぁ……勇者にSランク冒険者。いったい、王都で何が起こるんだろうな」

「さぁな。ひょっとすると、かなりデカいことが起こるのかもしれねぇな。それこそ、歴史に残るようなドデカい何かが……」

　ごくり、と唾を呑む二人の冒険者。

「ま、俺らには関係ねぇよな！」

「確かに、どうせ俺らみてぇな一介の冒険者には関係ねぇ話だろうがな」

　どうせ自分らには関係ないことだと、先程までの緊張感を一蹴し、ガハハと豪快に笑いながらそう言い、冒険者ギルドを去っていった男たち。

　他の冒険者たちの間でもこの話題は度々上がっているようで、ここに来るまでも街でも何度か耳にした。

　ちなみに、勇者たちの事情について疎い俺とは違って、街の人たちはそこらへんの事情にかなり詳しいらしく、セリオンが招集に応じたことは王都内でも大きな話題となっている。

何せ、権力や金に興味はなく、三大国の一つ、聖教国の聖地にある大聖城を「気分を害した」と言う理由のみで半壊させるほどだ。大聖城には聖騎士だって常に待機しているし、そう易々と崩せる建物ではない。

何より、聖教国を敵に回すこととなる。いくら腕に自信があっても、大国一つを敵に回す覚悟を持つものなんてそういない。

それこそ、余程の馬鹿か、大国すらも相手にできる強者のみ。

セリオンが前者なのか、後者なのか、と聞かれれば悩ましくもあるが……。

故に、勇者の中でもセリオンは、特に異質な存在として認識されているようだ。

歴史的に見ても。

と言うこともあってか、今回の召集に応じたと言うのは、多くの人たちにとって意外性のあることだったそうだ。

まぁ、確かに。

クレアが関係していなければ今回の招集も無視しただろう。

うん、間違いない。

それより、

「デカいこと、ね……」

確かに、今王国ではちょっとしたどころではない、大きな計画が動いている。

それこそ、王国の上級冒険者や勇者まで動くほどの大きな計画が。

まぁ、それ自体はいいんだが。

問題は……。

その渦中に何故か、たかがDランク冒険者である俺がいること。

「はぁ……」

「えーと、冒険者さん？」

受付の人が、突然ため息をつき、憂鬱そうに俯いた俺を不思議そうに見つめる。

「いや、なんでもないです」

「そうですか？　それでは、良い冒険者ライフを」

「あ、ありがとうございました……」

◇

魔王軍四天王グリストとの死闘から、一週間が経過した今日。

王城の一室には多くの強者たちが集っていた。部屋は大きめの会議室といった感じで、中心には縦長のテーブルが配置されている。

また、そこに座る面子も錚々たるもので、職種は騎士や冒険者、他にも王国に仕える魔導師団など様々だが、その誰もが強いことが窺える。

その中でも、特に目立つのはセリオンを含めた三人の勇者だ。

事前にリョウエンに聞いていた情報から察するに、黒いマスクをした白髪の男が迅雷の勇者、眼鏡をかけ、スーツを着こなす、黒髪の男が破壊の勇者だろう。

個性的な格好なのは兎も角、

「この魔力、流石は勇者……」

ふと、そんな言葉が口からこぼれる。

騎士団長エルザリオに勇者、Sランク冒険者。さらには王国の認める魔導師団とは。

Dランク冒険者でしかない俺がここにいることが場違いに感じてならなかった。

ここにいるくらいなら、リョウエンの研究室にいた方が断然居心地が良いだろう。

「なぁ、ユイ……、俺もここにいないとダメか？」

小声で横に座るユイに問い掛ける。

「はぁ!?　ダメに決まってるでしょ、ロイドも私らのパーティーメンバーなんだから」

「そうは言われても……」

「まぁ、確かに、気持ちは分からなくもないけど……元は勇者パーティーのメンバーだったんだし、きっと大丈夫よ」

「クビにされた身だがな……」

「まったく、そうやってすぐにネガティブなこと言わないの！」

「はぁ……」

その後、エルザリオが司会を務め、会議が始まった。

最終的に集まったのは、Sランク冒険者十三人、Aランク冒険者二十二人。パーティーにして七組。その他は王国騎士団と王国お抱えの魔導師団から十数名、そして勇者三人とそのパーティーといったところだ。

ちなみにだが、Sランク冒険者のみで構成されているパーティーは一組だけ。

やはり、Sランク冒険者というのはなかなか希少な存在なのだろう。

「それではまず……皆さん。本日はこの場に集まってくださりありがとうございます。初対面の方も多いと思うので、まず自己紹介を。私は王国騎士団団長、エルザリオと言います。以後、お見知りおきを……」

そう言い、深く頭を下げるエルザリオ。

それから魔導師団、冒険者の順に、軽い自己紹介が行われた。

名前とランク、職業、さらにはちょっとした経歴など。

ますます、彼らの凄さが伝わってくる。

そして最後に、俺の番が回ってきた。

「えーと……」

不味い、こう言う時はなんと言えばいいのだろうか？

周りが凄い肩書きの人ばかりで、果たして自分は何を紹介すれば良いのか分からず、萎縮してしまう。

逃げ出したい、いっそ恥など捨てて。

とは言え、自己紹介をしないわけにもいかない。

「ユイたちのパーティーで支援職をしているロイドだ。職業は白魔導師、冒険者ランクはD……」

「おい！　ちょっと待てよ！」

少し離れた位置に座る冒険者の一人が、俺の自己紹介を遮り、机を力強く叩く。

「おい、Dランク冒険者とはどういう了見だ⁉　ここには王国に認められた実力者しか呼ばれてねぇんじゃなかったのか？　なぁ、騎士団長⁉」

俺を睨み、叫ぶ冒険者の男。

はぁ、もう嫌だ。帰りたい。

「その……」

「はい。紛れもなく彼は実力者です。私が保証します。肩書の有無だけで実力は測れない……そのくらい言うまでもないですよね？」

冒険者の問いにきっぱりと、エルザリオはそう答えた。

しかし、騎士団長がきっぱりと答えたことが逆に気に入らなかったのか、俺をさらに怒りを込めた目でギロリと睨み付ける。

いったい、どうしたものか。

冒険者プレートを見せたとて、納得してもらえる確証はない。あれは見方によっては、ユイたちのパーティーに寄生しているかのような印象を与える可能性もある。わけあり感が半端じゃない。

少なくとも、良い印象は与えないだろう。

となると……やはり、肩書やら経歴で挽回せざるを得ない。

俺の唯一の誇れる経歴。

「一応、アレンのパーティーにいたことはある」

「アレン……!?」

俺の発言に、会議室にいる冒険者のほとんどが反応した。大方は予想通りの反応だ。

だが、意外だったのは、その発言に最も反応を示したのが、破壊の勇者だったと言うことだ。

「おい！　貴様、アレンのパーティーメンバーだったのか？」

「あぁ、そうだが……」

あれ？

何故か俺の発言以降、あまり良くない雰囲気へと悪化してしまう。

「ちっ……あいつか。弱かったくせに、俺らの聖教国から、聖女を奪った野郎……」

ひょっとして、敵を増やしただけだったのでは？　と、後悔するが時既に遅し。

破壊の勇者の鋭い視線と殺意が俺に向く。

「何か、気にさわることを言ったか？」

「あぁ、気にさわるな。アレン……勇者の割には弱く、イキるだけの男のパーティーメンバーだと？　確かに、王都を出てから強くなったと聞いている。生意気にも、一部からは最強の勇者とまで言われたりしたそうじゃないか。しかしだ……」

「……しかし？」

「強くなった？　それは当然だろう。勇者以前に、戦いを生業とするものが何の理由もなく弱くなることなど言語道断！　強くなっていて当たり前だ。勇者ともあろうものがその程度で自惚れるなど、もっての他だ！　それに聞いているぞ？　緊急依頼を蹴った上、逃げたとな」

破壊の勇者の言葉を聞き、俺は思い出す。

そうだ。アレン、逃げたんだ……と。

アレンが緊急依頼を断り、イシュタルから逃げだしたことは当然知っている。しかし、それは俺が抜けた後の話。

それ以上に今日、ここに来るまでの出来事のインパクトの方が強かったこともあり、すっかり忘れてしまっていた。

それに、アレンの印象がそこまで良くないとは……。

完全に予想外だった。

イシュタル限定の人気だった……ということだろうか。

それに、この場にいるほとんどの人が、俺がどの時点まで勇者パーティーにいたのかは知らないだろう。

それも誤算だった。

「俺はその前にクビ……脱退している」

「だが、その程度の奴のパーティーにいたのだろう？」

余程、俺のことが気に入らないのだろう。

何がなんでも俺をこの場から排除しようという気迫が伝わってくる。

静寂に包まれる会議室。

その静寂を破ったのは、氷晶の勇者セリオンだった。

「俺は賛成だ、そいつの参加によ」

セリオンの発言に、破壊の勇者が眉をひそめる。

「その根拠は？」

「実際にそいつの魔法を見たからだ。少なくとも、テメェの連れよりは優秀だろ」

「ふん、挑発のつもりか？」

「いや、紛れもない事実だ」

セリオンが他人を見下すことは珍しくない。というより、基本的にセリオンは他人など眼中にすらないといった感じだ。

そのため破壊の勇者も、メンバーをバカにされたとて、いまさらそれにキレたりはしない。

だが、それが他人と、しかも、元とはいえあのいけ好かない男……アレンのもとにいたDランク冒険者との比較の上、バカにされたとなれば話は別だ。

「そもそも、俺は貴様を勇者とは認めてない！　忘れたとは言うまいな。貴様が聖教国に何をしたか！」

憤慨した様子で、セリオンを怒鳴りつける破壊の勇者。

「あ？　テメェらの国の奴がクレアを化け物呼ばわりした上、俺の素行がどうたら説教を垂れ始めた。だから、城をぶっ壊した。それだけだ」

「貴様……自分の過ち一つ認められぬとは。やはり、俺は認めんぞ！　貴様なんぞが勇者などとは！」

一触即発……ほんの小さな衝撃を与えるだけで、今にも戦闘が始まりそうな雰囲気に、俺は唾を呑んだんだ。ユイやダッガスもこの状況の前にはなす術もないのだろう。今にも帰りたさそうな表情をしていた。

今、俺にできることは……。

——間違いなく何もないだろう。

むしろ、何もしないのが最適解。下手に手を出せば悪化させるだけだ。

とは言え、帰りたいのも事実。

そんな考えが何度も、俺の脳内で堂々巡りを繰り返す。

そして、何度巡ったかも忘れてしまうほど思考が繰り返され、また再開しようとした……。


その時だ。

ドンッ！　と、扉を勢いよく開ける……いや、壊す音が聞こえた。

「はっはっはっ、我が名は偉大なる大黒魔導師シノ！　ただいま、深淵より帰還したぞ、皆の者、待たせたな！」

白髪に紅い瞳。そして片目には眼帯をつけ、いかにも冒険者らしくない格好の、同年代と思われる痛々しい女を前に、先程までの会議室の雰囲気は、まるで嘘だったとすら思えるほどの静寂に飲み込まれたのだった。

◇

「はぁ、疲れた……」

あれから数時間後、俺はようやく地獄のような会議室から解放された。

横を歩くユイたちも、同じく疲れた表情をしている。

当然だ。

確かに、あの痛々しい黒魔導師の登場により、一時は良くも悪くもその場は静寂に包まれた。

しかし、その後は前にも増して地獄だった。

不幸中の幸いは、俺へと向いたヘイトが逸れたことぐらいだろう。

「まったく、こんな調子でダンジョン攻略なんてできるのかしら……」

ユイが深くため息をつきながら呟く。

「正直、いくら強くても、あいつらとダンジョン攻略するのは、ちょっとな」

クロスも同様に、気が乗らない様子だ。

今回の会議では主に二つの内容について議論された。

まず、一つ目。クレアの護衛についてだ。クレアの能力について詳しく開示されなかったが、護衛を任せる以上何も説明しないわけにはいかないので、核となる部分に関してはほのめかすような形で話された。

そして二つ目。それがダンジョンの攻略だ。簡単に言えばダンジョンとは、魔物の巣窟と言えるだろう。しかし、ただただ魔物の巣窟というわけでもない。そもそも、ダンジョンとは強大な力を秘めた、それこそ伝説とすら言われるようなアイテムが眠っている場所であり、それ故にダンジョンと呼ばれているのだ。

　ちなみに諸説はあるが、そこに住まう魔物も、魔物の住みかとされ、ダンジョンと呼ばれるその構造物も、長い間、それこそ何百年単位という長い時間をかけて、そのアイテムからこぼれた力から生成されたとされている。他にも、魔物がその力に群がってきた、という説もあるらしいが……。

　ダンジョンの起源が、そのアイテムであることさえ押さえていれば、今回はそれでいいだろう。

　ちなみに、聖剣もダンジョンから発掘されたものだ。

　百年以上前に行われた、初のダンジョン攻略。

　そして二度目のダンジョン攻略が行われたのが十数年前。伝説の冒険者と呼ばれる人たちが、たった一パーティーで攻略したらしい。そしてそれが、彼らが伝説の冒険者と呼ばれる所以の一つでもあるそうだ。

　他にも様々な功績もあるそうだが……。

　この話を聞いた時、内心ほっとした。情報の有無は、それこそ特に俺のような、自身の実力だけで押し通すことのできない人間にとっては非常にありがたいものなのだ。

　知っているだけでも生存率はぐんと上がる。

　しかし残念なことに、国家単位ではなく、それこそほぼ個人による唐突の攻略ということもあり、それについて確かな情報はないとのこと。

分かっているのは、現在六つのダンジョンが確認されていることと、アイテムを失ったダンジョンは崩壊するということだけ。

という、以上の内容を踏まえたうえで、あのメンツ……。

気が重くなるのは、当たり前……至極まっとうと言っていいだろう。

しかも、

「攻略組って……そりゃないだろ」

俺たちは騎士団長の推薦もあり、攻略組へと配属されることとなった。いや、なってしまった。

まったく、Sランク冒険者のパーティーに所属しているだけでも、まぁまぁなプレッシャーを感じ、その中で戦っているというのに……。

はっきり言って、俺の実力で参加し、貢献できるレベルとは思えない。

「確かに報酬はいいけどさ……どうする？　今なら参加そのものを断ることならできるけど……」

正義感が強く、普段はこういったことには積極的なユイですら、流石に今回の依頼は無謀なものだと判断している。そのレベルの依頼なのだ。

「うーん。戦力的には申し分ないんだがな」

攻略組には破壊の勇者と、他にも何人ものSランク冒険者がいる。クレアの護衛組に勇者二人が持っていかれこそしたが、それだとしても戦力自体はなかなかのものだ。

もっとも、相手がダンジョンである以上、完全に不安を払拭することはどのみち不可能なわけだが……。

とは言え、いくらなんでもこれはないだろ！　と言いたくなるほどの、性格の相性が一ミリ足りとも考慮されていない組み合わせには、ため息がでる。

「まぁ、護衛組の方が重要なのは分かるが……」

「最悪、ダンジョン攻略は失敗してもね。戦力増強が目的なわけだし。まぁ、それでも聖剣級のアイテムが有るか無いかは、かなりデカいけど……」

「魔王軍も、戦力を増してクレアを奪いに来るだろうしな」

「しかも相手方の戦力は未知数……ほんと、憂鬱だわ」

ユイが言うように、グリスト並みのやつが魔王軍に何人いるかは分からない。厳しい戦いを強いられることになるだろう。

それに、

「普段は、それこそ今回みたいに国の許可が下りない限りダンジョン攻略は禁止されてるから……。ダンジョン攻略に参加できるなんて冒険者として栄誉なこと……やっぱり、冒険者である以上、一度は参加してみたくはあるわね」

トップクラスの実力を誇る勇者ですら、ダンジョンを保有する国の許可が下りなければ、攻略は禁止されている。

ダンジョン攻略。これを逃せば、ダンジョンに足を踏み入れるチャンスは二度とないかもしれない。

「命最優先で、とりあえず参加はしてみて、不味くなったら撤退するっていうのはどうだ？」

「私はダッガスに賛成だわ。本来、こんな気持ちで挑んじゃダメなんだろうけど、直接人命が関わってるわけじゃないし……」

ユイがダッガスの意見に頷きながらそう答える。

シリカとクロスも、

「私も賛成かな。たぶんだけど、もし、このダンジョン攻略で死者が出たら、クレアが責任を感じるかもしれないし……」

「だな。ロイドは？」

「まぁ、俺も同意見だ。正直、うまくいく気がしないしな……」

参加者の相性壊滅に、ダンジョンの情報もない。

この状況で、自信を持てる方がおかしいだろう。

それに、ダンジョン攻略が絶対に必須というわけでもない。

「それじゃ、ダンジョン攻略が始まる七日後までは、各自自由行動って感じでいいか？　もちろん、それまでにしっかり準備は済ませておけよ。特にユイ」

「な、なんで私⁉」

ダッガスに名指しされ、狼狽えるユイ。

「すまん。言い間違えた……分かったか、ユイ？」

「もはや私限定になってるんですけど⁉」

◇

その後、ユイはシリカを連れ、クレアのいる王城へ。ダッガスとクロスは王都で有名な大型の武具屋へと向かった。

有り難いことに、俺は両方から誘われたのだが、個人的な用事があり、誘いは断ることにした。

行き先自体はユイとシリカも向かうであろう王城ではあるものの、ユイたちは行く途中で買い物をしていくらしい。

そして結構時間がかかるとのこと。

というわけで俺は、適当に二人前の弁当を購入し、王城内にあるリョウエンの研究室へと足を進めた。

「おお、久し振りじゃの。なんじゃ、おぬしから童のところに来るとは……ひょっとして、助手の件を改めて考え……」

「違う。前も言ったが、助手にはなれない」

というか、なりたくもない。

「ふむ、ではランク上げか？　約束しとったしの。今から、冒険者ギルドにでも向かうか？」

「いや、それも違う。今回は別件できたんだ」

「そうか……まぁ、立ち話もなんじゃ。とりあえず、座れ」

リョウエンはそう言うと、収納魔法から椅子をとりだした。リョウエン曰く、こうして魔法で収納しているのは基本来客がなく、部屋に置いていても邪魔になるためだそうだ。容量の無駄使いな気がするが……。

細かいことは気にするなと、自身に言い聞かせ本題にとりかかる。

「事前の連絡もなくすまない。少し頼みがあってな」

「ふむ。おぬしならば大歓迎じゃ。それで、童に用とは何ぞや？」

「魔法についての知識は聞くまでもないだろうが、この街の冒険者についての知識ってあるのか？」

「まぁ、Sランク冒険者ならばそれなりに、と言ったところかのぉ。一応、研究、観察の対象なのでな」

今さらっと、内容次第では不味い、犯罪臭のするようなことを口にしていた気がしたが、きっと気のせいか、そうでなくとも合法的かつ常識的なものだろう。

俺はそうであると信じ、話を続ける。

「魔法と今回ダンジョンに参加する冒険者の情報が欲しいんだが……」

「なるほど、それでか……童がこっそり、後をつけデータをとっているのを知ったうえで……」

「いや、それは知らない」

リョウエンには聞こえないほど、小さな声で呟く。

変人だと分かってはいたが、ここまでとは。それは、俺の想像の範疇を大きく逸脱したレベルだった。

しかし、リョウエンはその発言の異常さを理解していない様子で、何事もなく会話を続ける。

「余計なお世話かもしれないが、共に戦う冒険者の情報を把握しておくのは大切だと思ってな」

「うむ、良い心掛けだと思うぞ。流石はマーリンの弟子じゃな」

果たしてそれは褒め言葉なのだろうか。

疑問に思うところはあるが、リョウエンに師匠の話を持ちかけるのはよくないと判断。まぁ、似た者同士、気の合う二人だったのだろう。

「となると、そうじゃの。童もメンバーについては一通り把握しとるが、その中でも特別実力がずば抜けて高いのは破壊の勇者と……シノかのぉ」

シノ……。俺はその名前を聞いた時、すっと誰かを思い出すことができなかった。

なんせ、あの痛々しい女が、とてもじゃないがずば抜けて能力が高いとは思えず、抱いていたイメージと結び付かなかったからだ。

「シノって、あの黒魔導師の？」

「おぉ、知っておるのか⁉」

「まぁ、名前くらいは……」

参加者の自己紹介はすでに終えている。

命を預けるかもしれない人たちなわけだし、名前くらいは覚えていて当然だろう。

それに、

「かなり痛々し……印象的だったからな」

「うむ、確かにやつは良くも悪くも目立っておるからの。おぬしには後者の意味でじゃが」

リョウエンも、彼女については俺と同じように感じ、また、そう言う目で見ているようだ。

Sランク冒険者の中でも、ずば抜けて凄いことを除けばおおよそは解釈一致という感じか。

「その……具体的にどれくらい強いんだ？」

まず、真っ先に疑問に思ったことを質問してみる。

「うむ、そうじゃな。童の知る限りじゃ、史上最強の黒魔導師と言っても過言ではない……そんなレベルと言ったところかのぉ。まぁ、もっとも闇属性魔法に限った話じゃがな。他の属性魔法はからっきしじゃし」

「史上最強の黒魔導師……」

「まぁ、おぬしとは対極の存在とも言えるかのぉ」

「対極？」

それは雑魚《ざこ》と最強と言う意味でだろうか？

だとすれば、それが事実だとしても流石に傷つくのだが……。

「何をまた、そんなに悲しそうな顔しとるんじゃ？」

そんな俺の心中など、お構い無しと言わんばかりに、ぽかんとした様子で尋ねてくる。

「いや……なんでもない」

「そうか？　ならばよいのじゃがな」

涼しげな顔で毒を吐くとは。

まったく、恐ろしいな……。

「そうか……。あいつ、そんなに強かったのか」

「意外じゃろ？」

「まぁ、そうだな」

ニコッと笑うリョウエンに、俺はそう答えた。

はっきり言って、シノという冒険者が強いのは意外だった。

しかし、それはシノから、他の冒険者や勇者の漂わせているようなオーラだったり、特別強い魔力を感じられなかったからだ。

いったい、シノとは何者なのだろうか。

「ま、仲良くしてやってくれの。見ての通りその、まぁ、あんなんだから同い年の友達もおらんのじゃ」

「そ、そうか……」

「うむ、よろしく頼むぞ」

「あぁ……善処する」

もし、関わる機会があれば、その時は話しかけてみるとしよう。

「さてと。他に何か、童に聞きたいことはあるか?」

「えーと、そうだな。今回一緒にダンジョンに行く勇者についてと……あとは魔法についても知りたいかな」

「魔法？　支援魔法かの？」

「いや、支援魔法に限らずだ。色々な魔法について学びたい」

グリスト戦以降、自身の実力不足をより感じるようになった。

あの時、もしもセリオンが現れなかったら、グリスト相手に勝つことはできなかっただろう。

「ふむ、色々な魔法について……か。職業に沿わない、適性の低い系統の魔法ほど、魔力消費の効率も悪く、効果も薄れる。おぬしの場合、支援魔法や回復魔法に適性があるじゃろ？　てっきり、そっちについてより技術を高めようとすると思っておったが……」

もちろん、リョウエンの言う通り、俺の支援魔法や回復魔法にはまだまだ改善の余地があるのは明白で、知らない魔法、技術もたくさんあるだろう。

それでも俺が、他の魔法を学びたいと……そう考える理由はずばり、魔法の知識がパーティーをサポートする上で、かなり役立つからだ。俺の知らない魔法を使う冒険者もいるだろう。

それに、ダンジョン攻略までの時間も限られている。

既存の魔法の改良という選択肢もあるにはあるが、今使える魔法も、今の俺に合わせてかなり改良しているし、これ以上の大きな改良は期待できそうにない。

それも、短期となれば尚更だ。

「なるほど……確かに、付け焼き刃の魔法なんぞ、それも支援職となれば、なかなか使う機会もないじゃろう。仲間をかえって危険に巻き込む可能性も高い……と？」

「そう言うことだ」

「ふむ、確かにその方が良さそうじゃな」

リョウエンはそう言うと、ちらりと背後の扉に目を向けた。

「まぁ、果たして役に立つかどうかは分からんが、童の研究をまとめたものや資料がそっちの書斎に置いてある。自由に使ってもよいぞ」

「いいのか？」

「マーリンの弟子……つまりは童の後輩じゃ！　可愛い後輩の頼みならば、聞いてやろうぞ」

「そ、そうか……助かる」

マーリンには結局、弟子にして貰えなかったのでは？　という疑問は、そっと胸の中にしまっておく。


さてと……。


今日はとりあえず、許可だけで、観光とダンジョン攻略の準備のため、街を散策するつもりだ。そのため、リョウエンに持参した弁当を渡し、帰ろうとする。

するとと、出口付近でリョウエンに呼び止められた。

「どうかしたか？」

「一つ、忠告しておこうと思っての」

「忠告？」

「おぬしのパーティーはかなり優秀な人材が揃っておる。腕だって、そこらのSランク冒険者にもひけをとらん。しかも、まだ成長途中。期待の星じゃ。じゃがな……」

「だが？」

俺は首を傾げ、今までになく真剣なリョウエンを見つめる。

「それをよくは思わない輩もいる……ということを忘れてはならん」

「よくは思わない？」

「うむ、Sランク冒険者の中には五十を越えてやっと……というものもおる。いや、なれるだけまだよいのかもしれん。一生をかけてもSランクには到達出来んものなんて山ほどおるのだ。残酷じゃが、Sランク冒険者には努力のみではなれん。それをおぬしらのパーティーメンバーは全員、十代という若さで成し遂げた。この意味が分からんほど、おぬしもバカでもあるまい？」

「嫉妬か……」

「才能に対する嫉妬は厄介じゃ。今回のダンジョン攻略でも、おぬしらはあまりよく思われんかもしれん。それが、同じSランク冒険者だとしても、立場も強くはないじゃろう。活躍も素直には褒められんやもしれん。強ければ強いほど、嫉妬もまた強くなるやもしれんしな」

「た、確かに……」

思い返してみれば、勇者パーティーに所属していた頃に、稀にではあるがそういったことを見聞きしたり、感じたことがあった。もちろん、アレンにだ。そういえば、聖女として高い人気を誇り、一部には熱狂的な信者などもいたシーナを「返せ」と言ったものも、一定の頻度で見受けられた。

アレンは、そんなに深刻には考えておらず、「所詮口だけだ」と、気に留めることはなかったが、人によってはかなり不快に感じ、重く受け止めることもあるだろう。

偏見かもしれないが、シリカはそういったタイプな気がする。

「分かった。ユイたちには気を付けるように言って……」

「何を言っとる？　一番危険なのはおぬしじゃ」

「えっ？」

「Sランク冒険者に真っ向から立ち向かうような奴は早々おらんよ」

「まぁ、そうだな……」

「もし、その中に一人、Dランク冒険者がおったら、果たしてそう言った連中はどう思うじゃろうな？」

リョウエンの言葉を聞き、ごくりと唾を呑む。

「勝てるかもしれない……と？」

「あくまでも可能性の話じゃ。過度に恐れることはない。ただ、気を付けるにこしたことはないと思うぞ」

そう言うとリョウエンはニヤリと笑って見せた。

どういう意図での笑みかは分からない。

ただ、俺からすれば、街を歩いていて襲われるなんて、嘘でも笑えない。笑えるはずがなかった。

何せ俺はDランク冒険者。

しかも、サポートを前提とする白魔導師だ。攻撃系の冒険者に襲われれば、勝つのはおろか、引き分けすら困難を極めるだろう。

必然的に、選択肢は逃げるの一択に絞られる。

もし相手が用意周到に、逃げ出せないような状況を作ってきたら、一巻の終わりだ。

「気を付ける……」

「ま、気負う必要はない。おぬしなら、大抵の冒険者など、束になって襲ってこようが返り討ちにすることなんぞ、造作もないことじゃろ?」

「いや、そんなことないんだが……」

肩を落とし、思い足取りで部屋を去るロイド。

その様子をリョウエンは、怪訝そうな表情で眺めていた。

◇

ロイドと関われば関わるほど、どうしても拭えない違和感が感じられた。

「はて……ロイドの、常識知らずといいあの性格といい、あれはロイド本来のものなのかの。童はどうも、そうなるよう育てられたのではと感じてならんのじゃが……」

そもそも、この国にいてマーリンが何者なのかを知らないなんて明らかにおかしいことなのだ。

確かに、魔王討伐当時ほど、マーリンに関して騒がれることはなくなった。それは死亡説が濃厚だからというのもあるだろうが、やはり時の流れが大きいだろう。

とは言え、ロイドがマーリンをまったく知らないということは、意図的にマーリンが自身のことを隠しているということ。

しかしだ。

「あの、自慢話の好きなマーリンが話さないなんて、あり得るのか？」

どうしても、リョウエンの知るマーリンと、ロイドの言うマーリンのイメージがズレていて、違和感を覚えてならない。

「マーリン……おぬし。今、何をしとるのじゃ」

しかし、これ以上考えても意味がないと、リョウエンは思考を停止した。

そんなことをリョウエンが考えても、何かが変わるわけではない。

ただ、リョウエンは一つ、危惧《きぐ》していることがあった。

「マーリンよ、これは童の勝手な推測じゃが……現戦力では、魔王に勝つことはおろか、魔王という災厄から国を、そこに住む者を、大切なものを、護ることも敵わんのではないかと、童はそう思えてならん」

その上で再度問う。

――マーリン、おぬしは今どこで、いったい何をしておるのか……と。

第二話　女剣士、特訓開始

「はぁ……」

肩を落とし、とぼとぼと賑わう人混みの中を歩く。

キョロキョロと見渡すのも、それはそれで挙動不審と思われかねないので、探知魔法を常時発動させておく。

もっとも、これほど人のいる場で奇襲してくる輩なんて、そうそういないと思うが。

「一人いるんだよなぁ」

十数メートル後ろから、殺気と狂気を込めた瞳で、後をつけている奴がいる。

魔力量は大したことはない。俺以下だと推測できる。意図的に、探知できる魔力量を下げている可能性はあるが……。

あの身のこなし。近接戦闘を得意とする冒険者、と言ったところか。

「ユイの動きに似ているな……」

俺の口からはそんな素直な感想がこぼれていた。

「さて……」

この面倒な状況をどうすれば打開できるか、思考を働かせる。

「よし、逃げよう」

探知魔法で通りを歩く人の位置を把握し、ぶつからないよう最短ルートを求める。この人混みを利用し、溶け込んでしまえば見つけるのはかなり難しいだろう。もし、予想通りの、近接戦闘系なら尚更、有効打になるはず。

そして、数秒後。杖をつかむと同時に強化魔法を発動。

求めたルートにそうように駆けだした。

「なっ⁉」

背後から少女の驚く声が聞こえたが、気に留めはしない。

おそらく、いきなり駆けだした俺を見て、ストーカーが発したものだろう。

明らかに、遠くから聞こえてきたしな。

周囲ならまだしも、俺とストーカーの間にはまぁまぁな距離があるんだ。

駆けだす前から見ていなければ、こんなに早く反応できない。

さてと。

「これで諦めてくれたらうれしいんだが」

それから更に数十秒後、俺は裏路地へと逃げ込んだ。

追いかけてきている様子はなく、俺は若干安堵していた。

大事にならずに済んだことに、ほっとため息をつく。

しかし気が緩んだせいか、そこで不意に、黒いローブで身を包んだ女性とぶつかってしまった。

その反動で、ドンッと勢いよくしりもちをついてしまう。

「すいません、ケガは……」

「何を言ってるの、倒れたのはあなたの方でしょ？　あなたこそ、大丈夫？」

フードを深々と被っており、かつ薄暗いせいで顔はよく見えない。

声から、女であることだけが分かる。

「あぁ、大丈夫だ」

「そう、それはよかったわ」

ぶつかったのはこちらだ。ここまで心配されると、罪悪感を抱かずにはいられない。

それにしても、随分と優しい人だな。

服装こそ、黒フードに黒ローブという、不審者ですと言わんばかりの怪しさだが、中の人は見た目に反して優しい人のようだ。

「こちらこそ、本当にすみません」

俺はそう言い、深く頭を下げる。

「えーと、それでは失礼……」

「あー、ごめんなさい。一つ、話を聞いてもいいかな？」

「答えられるかは分からないが、大丈夫だ」

「そう。では、この王都に勇者やSランク冒険者が集まっていると聞いたんだけど、何処にいるか知らない？」

黒ローブの女の問いは、俺の予想を遥かに逸脱したものだった。

まず、そんなことを聞いてどうなるのか、という疑問が頭を過る。純粋なファン、ということもあり得るだろう。

勇者だった頃のアレンにも大勢のファンがいたし、他の勇者や冒険者にファンがいても、別におかしな話ではない。

その格好で会いに行くのは、流石に不味いのではないかと思うが。

「ちなみに、その格好で？」

「あぁ、その……なんと言うか。そう！　容姿に自信がなくてな！　普段からこうしているの」

テンションが些かおかしな気もするが、とりあえずそこは置いておこう。

とにかく、本人にも自身の格好が普通とは少し離れているとの自覚があるようだ。

「まぁ、流石に全員とは行かないが、一部なら知っている」

だが、果たして話しても良いのだろうか？

別に、話したところで特に問題はないだろう。

勇者にしろ、Sランク冒険者にしろ、そこらの素人に負けるほど弱くはない。

しかし、この女。

まったくと言っても良いほど、魔力が感じられなかった。

抑えているとかのレベルではない。

元々魔力がない体質……世の中には一定数いると、師匠から話だけならば聞いたことがある。

彼らはその特異な体質故に、魔法による探知が難しく、隠密行動の求められる部隊に所属していることも多いそうだ。

この女もその類いの者だろうか？

もし、そうであるのならば、俺の探知魔法で探知できなかったことも納得がいく。

だが、もしこの女がその手の、それこそ暗殺等のプロだった場合、俺は仲間を危険にさらすことになってしまう。

それは避けたい。

「まぁ、流石にそれは無理よね……」

俺の心中を察してくれたのか、黒ローブの女はそう呟いた。

「力になれなくてすまない」

「いやいや、気に病まないで。お願いしたのはこっちだし、疑うのはいい心がけだと思うしね。仲間を大切に思っている証拠でしょ？」

「仲間？」

「えっ、仲間じゃないの？」

「いや、確かにパーティーだが……」

俺は所詮、Ｄランク冒険者。そんなに名は知れてないと思い、その前提で俺は話を進めていた。

「あなた、Ｄランク冒険者のロイドでしょ？　それともイシュタルの英雄と呼んだ方がいいかしら？」

「うっ……」

イシュタルの英雄だなんて懐かしい響きの言葉、久し振りに耳にした。

と言うことは、この人もイシュタルにいたのだろうか？

少なくとも、こんな格好の人をイシュタルで見たことはなかったはずだが。

「Ｄランク冒険者のロイドで頼む」

「まっ、そうでしょうね。あなたならそう言うと思ったわ」

くすりと笑って見せる黒ローブの女。

「えっ？」

「あぁ、いやいや。何でもないわ」

聞き間違い……だろうか。

まるで、俺のことを詳しく知っているかのような口ぶりだったが。

しかも、この声。

どこかで聞いたことがあるような気がしなくもない。

「えーと、もしかして何処かで……」

「では、私はこれで！」

そう言うと黒ローブの女は、あわあわとした様子で足早に去っていった。

そんな後ろ姿を、俺は追うでもなく、キョトンとした様子で眺めていた。

「いったい、なんだったんだろうか……」

◇

「くぅ……逃げられましたわ！　くそっ！　なんなのあいつ、Dランク冒険者じゃなかったの？　何よ、めちゃくちゃ足速いじゃない！」

先程ロイドに置き去りにされた少女は、悔しそうに地団駄を踏んでいた。

白髪で巻き髪ツインテールという、珍しい髪型をしているその少女は、その後もロイドを捜し歩いていた。

しかし、ロイドのように一度会った個人を特定できるような探知魔法が使えるわけでもなく。地道に歩いて捜すしか手段のない少女に、ロイドを見つけることはできなかった。

「まさか、私《わたくし》の完璧な尾行に気が付いていたというのかしら？　いや、そんなはずはないわ。私がDランクごときに引けをとるはずな……」

その時だ。

少女の背中にに、ぞっとするほどの悪寒が走った。

「こ、この感じ……まさか！」

勢い良く後ろを振り返る。

「で、ですわよね……き、気にしすぎですわよね……」

ほっと胸を撫で下ろし、前を見る。

するとそこには、腰を曲げ、顔をじーっと覗き込むシノの顔があった。

「きゃぁ！」

驚きのあまり、しりもちをついてしまう少女。

「相変わらずの良い反応だ。流石は我が片割れ、レティシア」

「流石じゃないですわよ。まったく……毎度毎度背後から現れたり、そういえば、空から降ってきたこともありましたわね……。って、とにかく！　私《わたくし》をびっくりさせないでくれません⁉」

御姉様！」

プンスカと怒りながら声をあらげ、巻き髪をふわりと揺らすレティシア。

一方で、黒と紫の傘に、黒と赤をメインとしたメイドのような服装をし、レティシアを見下ろすシノ。

何処か周りとずれたファッションや感性を持つ二人からは、少しずつ人が離れていく。

「それで、我が片割れよ。こんなところで何をしているんだ？」

「それはこっちのセリフですわ、御姉様こそ何をしてらっしゃるのかしら？　Sランク冒険者っていうのはそんなに暇なの？」

「邪神の啓示を受けた気がしてな。我が片割れもか？」

「要は暇なんですわね……と言うか、私《わたくし》を御姉様と同じにしないでくださいません⁉」

どちらかと言えばまともである妹のレティシアが、恥ずかしそうに否定する。

「では、いったい何をしてたんだ？」

「この街にユイ様が来ていると聞いたので、ちょっと散策してましてよ」

「ユイ様……あぁ、Sランクの剣士か」

「ええ、私《わたくし》の憧れ……いえ、神ですわ！」

レティシアがドンッと胸を張り言う。

「それで、見つかったのか？」

「いえ、ですが同じパーティーのロイドという男を見つけましたわ。まぁ、私《わたくし》の尾行に気が付いていたらしく、逃げられてしまいましたが……」

「ほぅ、お前が追い付けないほどの奴なのか?」

「それは……と言うか、御姉様は一度会っているはずですわ、ロイドって男と」

「ロイド?」

はて、そんな人いたっけ? と、ポカンとした表情のシノ。

「ユイ様と同じパーティーにいる、Dランク冒険者の男ですわ」

「あー、あのまったくオーラの感じられない白魔導師のことか。あの白魔導師に、そんな能力があるとは思えんが」

「珍しいですわね。御姉様の人を見る目だけは、尊敬していたのに」

「うむ、我が慧眼に狂いはないと思っていたのだが……さては、私と同じなのか⁉」

さりげ無く嫌みを込めて放った言葉をシノにスルーされ、少し残念がるレティシア。

「いえ、御姉様よりよっぽど常識人ぽかったですわよ」

「ふん、私をそこらの凡人と同列に扱うでない。私は選ばれし……」

「そう言う意味じゃないのだけれど……ちなみに、どこが似てると思ったの?」

シノにしては珍しい発言だと感じたレティシアが問い掛ける。

「私は日頃から、魔力をなるべく内へと抑えているんだ。魔力を意図的に管理するのは、思いのほか鍛練にもなるしな。何より、真の実力は隠しておかなければ……四六時中、魔力を垂れ流しては、それだけで実力が測られかねない」

　事実、ロイドがそうして強さを判断しているように。

「あの人も同じことをしてるってことですの？」

「まだ、そうとは言いきれないが……ふむ。面白いことを聞いたな。ひょっとして、Dランクなのもわざとなのか？　あえて、Dランクに甘んじる。なるほど……確かに、実力を隠すならばそれくらい低い方が良いとも考えられるな……」

　シノがブツブツと何かを呟きながら、ニヤリと不気味な笑みを浮かべる。

　そんな姉、シノのことを妹のレティシアは、不安そうに見つめる。

「お、御姉様？」

「フフフッ……白魔導師ロイド、名前は覚えたぞ！」

◇

――王都中心に位置する王城。

　その一室では、ユイとシリカ、そしてクレアが談笑していた。

　二人が来るまではセリオンがいたのだが、女子だけで話がしたいというユイの意見で無理やり追い出され、今は仕方なく城内の中庭で寝ている。

「ごめんね、急に来て」

「いえ、私も暇を持て余していましたので……気にかけてくださり、ありがとうございます。それに、お土産まで」

「いいのよ、気にしないで」

「そうですよ、私たちもクレアさんと話したくて来たんですし」

そう言って笑って見せるシリカ。

それからしばらく会話した後、中庭から騎士たちの悲鳴が聞こえてきたため、女子会はお開きにすることにした。

その帰り道。

ユイとシリカは各々準備があるため、一旦別れて行動することとなった。

「えーと、まずは剣の新調よね。護衛の件でお金はたんまり貰ってるし、ちょっと高いのに手を出しても、バチは当たらないわよね」

王都ともなれば、武器屋の数も、手に入る武器の質も他とは段違いだ。

「さて。さっさと用を済ませて、王都観光の続きを……」

ユイは王都に到着後から、スイーツの食べ歩き勤しんでおり、名の知れた店から隠れた名店まで、全てをコンプしようと励んでいた。

日に日に増えゆく体重など、気にも留めずに。

とは言え、流石にダンジョン攻略が決まってからは、控えるようにはしていた。

ユイも気を使い一日、一、二軒程度には抑えているのだ。

このことを唯一知っているシリカは、それでも多くない？　と思っているが。

「えーと、武器屋は……」

地図を手に、武器屋を探していると、何処からか騒ぎ声が聞こえてくる。

「喧嘩かしら？」

王都には商人から冒険者、他にも様々な人が様々な理由で集まってくる。

そのせいか、喧嘩も特別珍しくはないし、こういった場合は大抵、騒ぎを聞き付けてきた騎士たちによって収められる。

これもいわば日常なのだ。

こう言うのは放っておくのが吉。

だが、これを放っておけるほど、ユイは器用な人間ではない。

「何の騒ぎかしら……」

人混みを掻き分け、騒ぎの中心へと目を向ける。

「なっ⁉」

そこには、貧相な格好をした少年と、豪華な衣服で身を包む女がいた。

女の周りには、護衛と思われる冒険者が数人。服装やその腕に家紋をつけていることから冒険者ではなく、女が普段から従えている護衛だと思われる。

冒険者が一時的に護衛を引き受けることはあっても、基本は家紋の入ったものを着けたりしないし、何より女への忠誠心が違う。

「護衛は、冒険者で言えばBかAランクといったところかしら……」

それが八人。

少年は畏縮しきっており、震えたままその場を動こうとしない。

周りの人も、

「おい。流石に止めるべきじゃねぇか?」

「でも、あれって……」

「ウィンディー家……王都でも有名な貴族だろ」

「あぁ……ありゃ当主の娘だ。娘とは言え、あのかつて風の大魔導師と呼ばれた魔導師の娘。それなりの影響力はある」

「親バカっていう噂もあるしな。敵に回さないのが一番だ」

「あの少年、終わったな」

野次馬の街人の言うことは事実であり、冷たくも、当然の判断と言えた。

しかし、それで納得するほど、ユイは利口でない。

「あなたたち、止めなさい！」

「あら、私に言っているの？」

「ええ、他に誰がいて？」

「それは私が誰だか分かっていての発言かしら？　まさか、そんなわけはないわよね？　知ってる上での発言なら、怒りを通り越していっそ哀れに思えるわ」

「さぁ？　子供相手に容赦なくキレる、絶賛更年期真っ最中のおばさんかしら？」

煽りを煽りで返して見せるユイ。

この場合は、ユイが一枚上手だと言える。

「この小娘が……お前たち、まずはこの娘をやってしまいなさい！」

女の合図と共に、ユイを囲うような陣形をとり、剣を構える護衛。

「彼らはね、私が直々に選んだ護衛たちでね。特にリーダーの男は魔法も剣も使える魔導剣士。それもただの魔導剣士じゃない。Sランク冒険者にも匹敵するほどの実力を持つ魔導剣士よ！」

「へぇ、それはどういった根拠があって言っているのかしら？」

Sランク冒険者と言う言葉を軽々と口にする女に、腹をたてるユイ。

ユイとて、簡単にSランク冒険者になれたわけでもない。

当然、Sランク冒険者となることがそう容易くはないことも知っている。

先程のセリフは、その誇りを汚されたも同然。

「闘ってみれば分かるわ。もっとも、あなたのような小娘相手じゃ、一瞬過ぎて何も分からないかもしれないけどね！」

武器をまだ構えてもいないユイに対し、容赦なく護衛の男が剣を振り下ろす。

その刀身は微かに炎を纏っており、斬られれば火傷は間違いないだろう。

欠点としては、剣の耐久性が著しく低下してしまう上、並みの剣ではすぐにダメになってしまうと言うものがある。他にも、この状態で自身に触れれば、当然火傷してしまうリスク付きだ。

故に難易度の高い職業ではあるが、この男の場合はその心配はなさそうだった。

触れる一瞬のみ、刀身が大きくメラメラと燃え上がる。

「ストレージ！」

それをユイは収納魔法で取り出した剣で防いで見せる。

「口だけじゃないようね……」

熱く、焼けるような空気が頬を掠める。

「でも！」

ユイが男の剣を払い、その隙に攻撃を仕掛けようと距離を縮める。

「少し痛い目にあってもらうわよ！」

これには護衛の男も驚いたらしく、目を丸くした。

しかし攻撃はかなわず、すんでの所で周囲の護衛に妨害されてしまう。

「っ……多数との戦闘は得意じゃないのよね」

ちらりと少年に目を向けるが、未だに立ち上がる様子はない。

むしろ戦闘が始まってから、更に畏縮してしまっている様子だ。

だが、それでもユイは確信していた。

時間はかかれど、勝てる……敗けはまずあり得ない……と。

微かに笑みを浮かべ、余裕を醸すユイ。

その後、ユイは剣を振るい、護衛たちを圧倒していった。

「あの小娘……ただの冒険者じゃないの？」

貴族の女が歯痒そうに、ユイを睨む。

「あれ、俺知ってるぞ。若くしてSランク冒険者になった天才剣士、ユイじゃねぇか」

「マジもんのSランク冒険者かよ」

「この街にSランク冒険者が集まってるって話、やっぱマジなんだ」

「こいつは護衛の方が劣勢だな」

周囲から見てもユイの方が優勢であり、護衛側が劣勢と取れる。

「くそっ……こうなったら」

人混みに目を向け、密かに合図を飛ばす。

「さぁ、これでも実力差が分からないほど、バカじゃないでしょ。そろそろ、観念したらどうかしら？」

「っ……」

あえて余裕を見せることで、実力差を見せつけ、戦意を削ごうとする。

だが、これが仇となってしまう。

油断していたユイは、人混みの中に紛れていた他の護衛に気が付くことができなかった。

「なっ⁉」

突如ユイの足元に、黒く禍々しい魔法陣が現れ、黒い鎖がユイの手足に絡み付いた。

「何よこれ！　鎖？　絡み付いてて取れないんだけど！」

四本の鎖がそれぞれ四肢に絡み、身動きを封じられてしまう。

「フフフッ……その鎖は魔法の鎖よ。しかも、対象の体力と魔力を徐々に奪う。残念だったわね」

「くっ、はめられた……」

そんなユイ目掛けて、炎の剣を振り下ろす護衛の男。

もがけば千切れなくもないが、間に合わない。

絶体絶命の状況。

その時だ。

「何これ？　こんな昼間っから喧嘩？」

「「!?」」

少年に手を差しのべる黒いフードの女に、ユイも護衛も、野次馬たちも視線を向けた。

「い、いつの間に……」

この人混みを掻き分け、この輪の中に入ってきた……。

だとすれば異様だ。

誰一人として……それこそ、周りにいた野次馬の街人らですら、まったく気が付けなかったなんて、そんなことがあり得るのだろうか。

そんな驚く周囲をよそに、少年へと回復魔法をかける黒いフードの女。

「……邪魔しないで貰えるかしら？　今、良いところなの」

貴族の女が機嫌悪そうな表情で、黒くフードの女を睨み付ける。

「良いところ、ね……」

「ええ、Sランク冒険者だかなんだか知らないけど、私に歯向かったらどうなるか、しっかりと教育してる最中なの」

「へぇ、そう……」

「そうよ、だから邪魔しないでもらえ……」

刹那、黒いフードの女の姿が消えたかと思うと、次の瞬間にはユイの背後にストンッと着地していた。

同時に護衛らの剣がピシッという音をたて、砕け散る。

また、黒いフードの女の左手には、ユイに魔法をかけたと思われる黒魔導師の女が気を失った状態で掴まれていた。

「「へぇ？・」」

何が起こったのか分からず、呆然とする一同。

その中で唯一、状況を理解していたユイですら、驚愕の表情を浮かべていた。

「は、速い……!?」

加速の瞬間だけ、ギリギリ目で捉えられたが、その後すぐに見失ってしまった。

反応できるとか、否かとか……もはや、そう言うレベルではなく、目ですら追えないほどの速さ。

加速の瞬間のみ捉えられたユイですら、目の前で起こった現象を瞬時に理解し、納得することはできなかった。

「な、何が起きたの？」

貴族の女が、声を震わせながら問う。

「私が剣を抜いて、こいつらの剣を砕いて、人混みに紛れ魔法を発動していた奴を捕らえ、ここに着地しただけよ？」

現実には有り得ないようなことを、いとも簡単に淡々と語る黒ローブの女。

「う、嘘よ！　そんなことができるはずない！　私の護衛がそう簡単に」

「なら、確かめてみる？　その身をもって、ね」

一瞬で距離を縮め、気がつけば貴族の女の喉元には刃が突き立てられていた。

「ひぃっ!!!」

瞬速の抜刀。

ユイですら目で追えないものを貴族の女が追えるはずもなく。

一切の避ける隙すら与えない、洗練された動きにユイは目を奪われていた。

「す、凄い……」

ポツリとそんな言葉が口からこぼれる。

「け、剣を収め……収めて貰えませんか？」

「えぇ、そうね。でも、その前に約束しましょう」

「や、約束？」

「えぇ、約束。二度とこんなことはしないって、簡単な約束を」

黒いフードの下からちらりと見える笑みを前に、貴族の女の表情は凍りついた。

それでも、女は一生懸命に口をパクパクと動かし、問いかける。

「や、破ったら？」

「その時は……」

それ以上の言葉は必要なかった。

一瞬だけ……本当に一瞬だが、ユイは黒いフードの女の背後に鬼を見た気がした。

「き、気のせいかしら……」

黒ローブの女を前に、脱兎のごとく逃げる貴族の女とその護衛。

そんな様子をただ、立ち尽くし眺めていると、黒いフードの女がユイのもとへと近寄ってきた。

「えっ、えーと、ありがとうございます」

何と言えば良いか分からず、咄嗟に頭を下げる。

「いいよ、気にしないで。この件は、私が勝手にやっただけだし」

「本当に凄かったです。何をしている方なんですか？」

「私はこうやって各地を転々と訪れるだけの、ただの旅人よ」

「そ、そうですか……」

珍しく、無意識に丁寧な言葉を使おうとしてしまうユイ。

「本当に、凄いですね」

「そ、そう？　ありがとね」

褒めながらも、何処か暗い表情のユイに、黒ローブの女は首をかしげる。

「どうかしたの？　具合でも悪いの？」

「いえ……最近、Sランク冒険者になれて、誰よりも強くなった気になっていた私が恥ずかしく感じることが多くて」

「そ、そう？　まだ若いのにかなり強いし、焦らなくても……」

「パーティーに同い年のロイドっていう白魔導師がいるんですけど、そのロイドが本当に凄くて。何処か頼りっきりになっている自分がいて……」

「ロイド？」

聞き慣れた名前に、ついつい反応してしまう。

「それにさっき、ユイって……」

聞き慣れた名前に、何処かで聞いたことのある名前。

「なるほど。そう言うことね……」

黒いフードの女……リリィは更に距離を縮め、顔を近づけこう言うのだった。

「ねぇ、あなたさえ良ければだけど、少し私と稽古してみない？」

◇

突然の誘い。

でも私には断るという選択肢はなかった。

未だかつて出会ったことのない……いや、今後人生で再度出会えるかすら分からないほどの、圧倒的な強さの剣士が目の前にいて、更にその剣士が教えを説こうとしてくれている。

今の自分に足りないものが、手に入るかもしれない。

「お、お願いします！」

私は迷うことなくそう答えた。

「そう。それじゃ、ついてきて」

「はい！」

それから私は黒いフードの女に連れられ、森の、それもかなり奥深くへと足を進めた。

「ユイ、今の私が言うのもあれだけど、こんなホイホイと人の誘いにのったり、その上森に入ったりしたらダメよ？」

「大丈夫よ、これでも人を見る目はあるわ！」

胸を張ってそう答える。

特に、これといった根拠こそないが、この人は大丈夫だと。

私の直感がそう告げていた。

見た目はめちゃくちゃ怪しいけど。

「あの、名前を聞いてもいいかしら？」

「な、名前か……」

私の何気無い問いに何故か、黒いフードの女が動揺する。

何か不味いことを聞いてしまったのだろうか？

こんな格好をしている以上、何かしらの事情はあるのだろうとは察していたが、名前ですらそれに該当するとは、予想外だった。

「その、不味かった？」

「いや、大丈夫。そうだ、私のことはリリスと呼んで」

「リリス……」

先程の反応、それに答えるまでの妙な間から偽名なのは疑うまでもないが、それは相手も……リリスも分かっていて、そう答えたのだろう。

問い詰めるようなことはしない。

そんなことをしてもお互いに得しないと、私にですら容易に分かる。

何より、名前があった方が呼びやすい。

「リリスさんは、普段旅してるんですよね？」

「食べ歩き的な感じよ」

「リリスさんも食べ歩きとか好きなんですね。私、勝手にリリスさんって遠い存在かと思ってました」

「えぇ、いい世の中になったよね。本当に……」

黒いフードから覗く瞳は、何処か寂しく、何処か遠くを見つめていた。

それから、私たちはしばらく会話しながら森の中を歩き続けた。

「さ、着いたわ」

「ここが目的地……？」

そこは崖になっており、森がだいぶ遠くまで見通せるほどの高さとなっていた。

王都から距離こそあるが、隠れ絶景スポットになったとしてもおかしくない程眺めのよい場所だった。

「えーと、ここで稽古をするの？」

何かの間違いではないかとリリスに尋ねる。

「えぇ、ここよ。もっとも、相手は私じゃないけどね」

そう言い、リリスは崖の下を指差す。

私は疑問に思いつつも、リリスの指差すもとへと視線を向けた。

そして絶句した。

「アレが、稽古相手って……冗談ですよね？」

私の必死な問いに、リリスはにこりと笑い、返事を示した。

どうやら、私の稽古相手はアレで間違いないらしい。

そこには、大量の虫型のモンスターの群れがいた。しかも、そのほとんどが人間よりも一回りも二回りも大きく、強さもその大きさと比例するかのように、かなりのものだ。

眼前に広がるそれは『キモい』『強い』『多い』という、最悪の三拍子が揃っている。

「こ、これを相手にするの⁉ 私とって言ってたから、てっきり二人で稽古するのかと……」

「ええ、もちろん。私もあなたに手を貸すわよ」

どこに隠し持っていたのか、ローブの下から身の丈ほどある巨大な剣を取り出す。

さっき使っていたものとは異なる大剣。

「収納魔法……」

ロイド曰く、無詠唱の難易度が最も低い魔法とのこと。

しかし、ユイがその魔法の存在を知ったのはロイドと知り合ってからだ。

やはり、ただ者ではない。

「ほんと、Sランク冒険者になってイキってた自分が恥ずかしいわ。これでも、剣の腕には自信があったんだけど」

剣では誰にも負けないほど強いと自負していた。事実、私は剣でのタイマンで誰にも負けたことはなかった。

もちろん、同年代に限った話ではない。

それこそ、何歳も年上の剣士ですら、難なく倒してきた。
それなのに、
ロイドと出会ってから、私がいかに小さな世界で生きてきたかを痛感させられた。
リリスさん……本当に何者なのだろう。
いや、それはとても気になるところだが、今気にすべきじゃない。
私はパンッと両頬を叩き、気合をいれた。
「必ず何かはものにしてみせるんだから！」

――こうして始まった森での稽古。

そこでユイは目にすることとなるのだった。
リリス……いや、リリィが『剣聖』と呼ばれ、時に『剣鬼』とすら恐れられる所以を……。
かつて最強と呼ばれた剣士の実力を……。

◇

目の前の机に積み重なる、大量の本。

そこには市販のものから、通常では拝見すらできないほど希少なものまで、多種多様な本が積まれている。

そのほとんどが、魔法に関する書籍だ。一部、近接格闘術的なものも含まれてはいるが、俺にはさっぱり。

その中にはリョウエンが自身の研究データをまとめた書類も含まれており、冒険者のデータ等も記されている。

おそらくこの資料こそがリョウエンの熱心な研究による成果なのだろう。

そこには事細かに冒険者に関する情報……使用する魔法や身体能力、過去の功績等が記されていた。

もし、ここにプライベートなことが書かれていれば、流石に俺も注意するつもりだったが、そう言ったものは記載されておらず、とりあえずほっと安堵する。

まぁ、こんなことをしている時点で、すでに常識があるとはとても言えたものじゃないのだが、本当に最低限な部分だけは守っているようだ。

単に興味がなかっただけかもしれないが。

「それにしても……」

部屋に置かれている本全てリョウエンが選別しているお陰か、どれも読んでいて興味をそそられるものばかり。

読んでいて飽きない。剣術等を除いて。

「どうじゃ？　どれも童オススメのものばかりじゃ、読んでいて面白いじゃろう？」

「あぁ……そうだな」

俺には使えない……あるいは、軽く使えたとしても命を懸けた実戦では使用できないことが、とても残念に思えるほどだ。

俺にも適性があればと、つい思ってしまう。

「ま、白魔導師のおぬしが読んでも、使えんものがほとんどじゃろうが……いやぁ、どうしても、童に適性のある魔法に偏ってしもうての」

「確かに俺には使えないが……直接役立てられなくても、魔法の構造や発想が後に役立つこともあるだろ？」

現に、いくつか応用できそうな魔法も見つけている。

「やはり似ておるのぉ、おぬしとマーリンは」

「嬉しくはないな……」

「何を！　童ならば、一晩中喜ぶレベルぞ！」

何故か、リョウエンに怒られる。

ここまで来ると尊敬を通り越して、崇拝とも感じられる。

あの駄目人間を崇拝か。

「師匠ってそんなに凄い人なのか？」

俺には典型的な駄目人間にしか見えないが。

「まぁ、その、なんじゃ。凄い人じゃぞ」

「具体的には？　何か功績的な」

「それは……ちょっとのぉ」

視線をそらし、はぐらかされてしまう。

なるほど。

つまり、具体的には『何もしていない』『功績なんてものはない』という解釈で良いのだろう。

「ぐぬぅ……マーリンも事情があってこやつに隠しとるんじゃろうし……じゃが、語りたい。敬愛なるマーリンの功績を、こやつに語ってやりたい……今から三日三晩語った後で、こやつからも話を聞きたい……」

聞こえないほど小さな声で、ぼそぼそと一人呟くリョウエン。

俺には何やら葛藤しているように見えるが、果たして今の会話のどこに葛藤するようなことがあっただろうか。

「何をしてるんだ？」

「い、いや、なんでもないのじゃ。気にするでない。それより、童もダンジョン攻略に参加することになったのじゃ！」

「そ、そうなのか……」

それは残念だったな、という素直な感想は言わないでおく。

やはり、俺とリョウエンの感性にはかなりの差があるようだ。

あんな個性の塊のような面子による、地獄とすら感じられるダンジョン攻略……。

素直に喜べるそのメンタルが羨ましい。

「大丈夫なのか？　たぶん、単独での参加だろ？　慣れないパーティーに一人っていうのは、きつくないのか？」

「まぁ、童もAランク冒険者。実力は参加するに十分なはずじゃ。それに、童の仕事はダンジョン内の調査。基本、戦闘は他の奴等に任せるのでのぉ」

「なるほどな」

「うむ。まぁ、案ずるな。童とて自分の身くらいは守れるわ」

ダンジョン内の調査なんて、そうそうできる機会もないだろうし、リョウエンとしてはこれに参加しない手はない。

危険な気もするが。

「いや……」

冒険者やダンジョン、モンスターの知識も俺なんかより豊富だろうし、今更俺が口を出す必要はないだろう。

「ダンジョン攻略の時はよろしくな」

「うむ。おぬしこそ、その実力が見られるのを期待しておるぞ」

これでまた一人、攻略組に個性的なメンバーが増えてしまったが、ここまで来たらもう気には留めまい。

「よし、久し振りの戦闘じゃ。道具の調達もあるし、ちょっくら街へ出掛けるかの。おぬし、その間留守番を頼むぞ」

「了解した」

その言葉を聞くや颯爽と部屋を後にするリョウエン。

「さてと……」

まだまだ、読みたい書物は山ほどある。

「そう言えば……」

俺の師匠であり、育ての親でもあるマーリン……確か、イシュタルにあった石像の名前もマーリンだった。

俺の知るマーリンとは容姿を除けば、似ても似つかない英雄『大賢者マーリン』。

唯一似ている容姿ですら、若干の違和感を覚えるほど。

特に胸の辺りに。

「久し振りに帰省してみるか……」

いや、ないな。有り得ない。

直接会って、確認すれば何かしらは分かるかもしれない。

だが、

「会いたくないなぁ」

会いたくない……何より、気まずいったらありゃしない。

無断で抜け出してきた上、あれからもう一年以上は経っている。

もちろん、その間連絡は一切とっていない。

今更のこのこと会いに行くなんて、正気の沙汰じゃない。

なんと言われるか……いや、言われるだけならばまだいい方だ。

何をされるか分かったもんじゃない。

「帰省は止めておくか……」

それからしばらく考えたが、考えたとて答えが出るわけでもない。

余計なことを考えるのはひとまず止め、俺は再度、読書に耽ることにした。

第三話　冒険者たち、ダンジョンへ

——ダンジョン攻略当日。

ダンジョンの入り口には、俺を含めた冒険者パーティー四組と、破壊の勇者一行、更にリョウエンが既に集まっている。

皆、既に攻略の準備は済んでいる。

後は残る一組の到着を待つだけ。

「ふぁ～」

しばらくして、眠そうに大きなあくびをしながら歩いてくる、シノの姿が遠くに見えた。

「やっと来たか……」

破壊の勇者……テスタがシノを遠目に睨みながら呟く。

待ち合わせの時間から二十分。

その気持ちも理解できなくはない。

俺やリョウエンは、彼女が会議に遅刻してきた時から、こうなることは予想していたが。

やはり、こうなったか。

だが、それでもシノを待ち続けたのは、この攻略において彼女の戦力は必須だから……だそうだ。

何故、はっきりと言えないかというと、理由は簡単。

リョウエンから聞いた話のため、俺は彼女の実力は把握しておらず、あくまでも資料でざっくりと目を通した程度の知識しかない。

使える魔法は把握できても、その威力や効果は実際に見てみないと、なんとなくでしか分からないからな。

唯一、それなりに実力を把握できているのは、元々のパーティーメンバーのみ。

「あっ、そう言えば……」

ふと、とあることを思い出す。

「ユイ、しばらく帰っていなかったみたいだが、何かあったのか？」

隣に立つ、ユイへと尋ねてみる。

俺が帰っていなかった数日間。

ユイもあの宿へと帰っていなかったらしい。

しかも、無断で。

「それはロイドもでしょ？」

「俺は伝えただろ。しばらくリョウエンの元にいるって」

そう聞き、ぱっとは思い浮かばなかったのか、記憶を遡るユイ。

「リョウエン……あー、確か王国お抱えの研究者だっけ？」

「あぁ……今もこの場にいるぞ」

「へぇー、でも研究者なんでしょ？　しかも王国お抱えの。そんな重要な人が未知のダンジョンなんかに入って大丈夫なの？」

「まぁ、それに関しては心配しなくてもいいと思う。一応、Aランク冒険者の資格も持っているみたいだし」

実績が足りないため、Sランクでないと考えるのであれば、実力はA以上の可能性もある。

心配は無用だろう。

それより……。

「それで、ユイは何をしていたんだ？」

「っ、上手く話題を変えようとしてたのに……」

「いや、わりとバレバレだったぞ？」

「そ、それは……秘密よ」

それから逃げ道を封じた上で、何をしていたのか再度問い掛ける。

「へぇ～」

秘密、ね。

「人に言えないことでもしてたのか？」

「そ、そう言うわけじゃないわよ！　まぁ、今日一日、私を見てれば分かるわ」

「ふーん、そうか……」

頑なに俺の問いに答えようとしないユイ。

「言わないって約束だからね……」

ユイがポツリと呟く。

「約束？」

「な、なんでもないわ！」

そんな他愛もない会話をしていると、ふとあるものが俺の目に留まる。

ユイの剣だ。

よく見れば、ユイの腰には見慣れない剣が納められていた。

「その剣は？」

「これ？　貰ったのよ、とある人からね」

「ユイ、お前まさかカツアゲ……」

「してないわよ！　本当に貰ったの！」

金は前回の依頼でたんまり貰っているだろうし、王都の武器屋にあるたいていの剣は購入できるはずだ。

ぱっと見た感じ、少し特殊な剣のようだが、買えない額ではないだろう。

しかし、貰ったというのは少し引っ掛かる。

「貰った、ね……」

「な、何よ！」

ユイが行方を眩ましていた数日間、何をしていたのかを知る手掛かりになることは間違いない。

が、

「ま、いいか」

プライベートを詮索するのは、いくらパーティーとて好まれる行為ではないだろうしな。

それにユイは、意味もなく失踪するような人ではない。

「さ、そんなことよりも！　ダンジョン攻略……気を引き締めていくわよ！」

いつも通り……いや、いつも以上に元気なユイの姿に、俺はどこか安心していた。

正直、その話をダッガスから聞いた時は心配したが。

「大丈夫そうだな」

そんな俺を、遠目から見つめる一人の冒険者。

「ほう、あれがロイドか……」

シノが、遅れてきたことなど気にも留めず、こちらをまじまじと見つめていた。

俺も遅れて、シノの視線に気が付く。

「ロイド、何してるの？」

「いや、視線を感じてな」

「視線？」

ユイが俺の視線の先を目で追う。

「あれって、冒険者のシノさん？」

「……だな」

ダンジョン攻略にもかかわらず、あんな不向きな格好で来る冒険者なんて他にいない。

「知り合いだったの？」

「いや、話したことすらないはずだが……」

「でも、まじまじとロイドのことを見てるわよ？」

「と言われてもだな」

ここ数日、道具調達を除けばリョウエンの研究室に閉じ籠っていた。

接点はないはず。

「あのストーカーは別の奴だったし……」

「ストーカー？　ロイドに？」

「あぁ……好意とか、そういう類いのものじゃないけどな」

「へぇ～、お金目当てかしら？」

「いや。どちらかと言えば、命が狙いって感じだった」。

ただのお金狙いじゃ、あんな殺意を向けてこないだろう。

命はとられずとも、もし捕まってしまっていたら、何をされていたか分かったもんじゃない。

それに、俺は狙われるほどのお金持ちでもないしな。

「ふーん。まぁでも、ロイドなら平気でしょ」

「おい、ちょっとは心配してくれないのか？」

「だって、ロイドでしょ？」

「いや、理由になってないんだが……」

まったく、リョウエンと言いユイと言い、俺を何だと思っているのやら。

俺なんて、何処にでもいるしがない白魔導師だと言うのに。

「ユイ、ロイド！　そろそろ俺らも入るぞ！」

ダッガスに呼ばれた頃には、リョウエンとシノ以外の人たちはすでにダンジョン内へと侵入していた。

「俺らも行かないとな」

「えぇ……私の修行の成果、見せつけてやるんだから！」

「修行？」

「な、何でもないわ！」

そんなロイドとユイの微笑ましい姿を、背後の茂みから密かに覗き見る人影。

黒ローブに身を包んだ女……リリィだ。


「フフ、仲が良いんだな」

そんな二人を微笑ましく見守るリリィ。

久し振りに、元気なロイドの姿を見られたことに満足げな笑みを浮かべる。

「それにしても凄いわ……この対探知魔法用、気配遮断ローブ。全身を覆わないといけないから若干動きにくいのと、オシャレじゃないのが難点だけど。あのロイドの探知魔法すら通じないなんてね」

ウィル特製の気配遮断ローブ。

魔王軍を密かに偵察するために、ウィルが作成した特殊な布で作られたローブだ。

探知魔法対策として、常に魔力を極力探知されないように抑え込むという手法がある。

これでは限りなく気配を小さくすることは可能でも、完全に気配を隠蔽《いんぺい》することはできない。だが、元より、魔力の秘匿は魔力量を周囲に悟らせないためのものであり、探知魔法対策用ではないのだ。

そこで考案されたのが、このローブだった。

「便利だから、後でオシャレなやつを作ってもらおっと」

そんなことを呑気に考えていると、シノが突然こちらを振り返った。

「危なっ……！」

それに気がつき、慌てて後ろへと下がる。

「あの子の危機察知能力、どうなってるの？」

音を立てたわけでもなく、ただぼーっとしていただけ。

にもかかわらず、気付かれかけた。

「もっと気をつけて行動しないと……」

自身の不注意を反省しながら、ダンジョンの入り口を見つめる。

ダンジョンの入り口は洞窟のようになっており、地下へと続いている。

「さて、このダンジョンにはどんなアイテムが眠っているのかしら」

◇

——洞窟型ダンジョン……。

内部は淡い光に包まれており、視界が良いとは言いがたいが、こちらが光源を用意する必要はない程度には照らされていた。

「この鉱石のお陰なのね」

ユイが光源の一つを拾い上げ眺める。

ダンジョンの至るところに見える鉱石。

それが光源となっているようだ。

「長い間、魔力に当てられることで起こる現象だな」

この現象は特別、珍しいわけではない。

だが、それでも多くの人が、この鉱石に目を奪われるのは、その数が異様に多かったからだ。

ここまで綺麗にダンジョン内が照らされることは、そうそう起こりえないだろう。

「長い年月が経っている証拠ってことね」

「その上、この魔力濃度。外に比べて強いモンスターがいるかもしれないな」

「ねぇ、ロイドなら何階層くらいあるか分かる？」

「そうだな……二十階層よりあることは分かるが」

「えっ⁉　そんなにあるの⁉」

ユイの声が洞窟内に響き渡る。

まぁ、当然の反応だろう。

実際に探知した俺ですら、自身の魔法を疑った。

「そ、そんなにあるの？」

「あぁ……信じたくないがな。三十階層……下手すりゃ、百階層もあり得るかもしれない」

入ってからより一層、ダンジョンの異様さが嫌でも伝わってくる。

「な、何で言わなかったのよ！」

「いや、だって……これじゃ、伝えたとしても信じて貰えそうにないだろ」

これが俺の黙っていた理由だ。

先頭を歩くテスタに伝えたとて、俺の意見なんて信じて貰えるとは思えない。

だから、他の誰かが探知し、結果を伝えるのを待っていたのだ。

「報告は他の奴に任せようと思ったんだけど……」

「いやいや、たぶんロイドを上回る探知魔法の使い手なんていないわよ」

「いや、そのくらいいるだろ？」

事実、師匠という俺を上回る探知魔法の使い手が存在する。

「まぁ、いいわ。ロイドの言うことにも一理あるし」

「一応、ダッガスたちには伝えておくか……」

「ええ、そうね」

少し前を歩くダッガスとシリカ、クロスにユイに伝えたことをそのまま伝える。

「おいおい、冗談だろ……」

「ま、そう言う反応になるわよね」

「た、食べ物とか、そんなに持ってきてないですよ？」

食料面を心配するシリカ。

一応、余分に持ってきてはいるが、底の見えないダンジョンでは心許なく感じられる。

これこそ、地中型のダンジョンの最も厄介な点と言えるだろう。

外見から得られる情報が、他のタイプのダンジョンに比べ遥かに少ない。

いざという時に脱出がしにくいのも難点と言える。

「王国はなんでこのダンジョンを選んだのかしら。ダンジョンって他にもあるんでしょ？」

「王国領土内にあと二つあるな」

辺境の大森林の中央にある巨大な塔の形をしたダンジョンと、海底に沈む神殿のダンジョン。

どちらも王都からはかなり離れた場所にある上、その道中も険しい。

強いモンスターが多く住み着いているからだ。

だが、それだけが理由ではない。

「それは王国的にも、このダンジョンが邪魔だからだと思う」

「邪魔？　このダンジョンが？」

ポカンとした表情のユイ。

一方で、他のメンバーは全員理解しているようだ。

「な、何よ?」

「ダンジョンって言うのは、放置していたとしても基本的に害はない。だが、それは近くに街やら村がない場合に限った話だ」

「つ、つまり?」

「時折だが、ダンジョン内からモンスターが出てくることがあるんだ。原因こそはっきりしていないが、王国はこれが起こる度に早急に対応しなければならない」

ダッガスが簡潔かつ、分かり易く説明する。

「近くに人がいなければ問題ないんですけどね。その内モンスターも落ち着いて、新たな住みかを探しますから。ただ、近くに人里があると興奮したモンスターは襲いかかってしまうらしくて」

ダッガスの話を補足するシリカ。

ちなみに、他のダンジョンへの道中が険しいのはこれが原因だ。

ダンジョン内にいた強いモンスターが住み着いた結果、魔境と呼ばれるほどになってしまったのだ。

もし、王都からそう離れていないこの森でそんなことが起これば、最悪王国の存続に影響しかねない。

「なるほど……つまり王国はこの機会に、厄介なダンジョンを排除しようと考えたのね」

「そう言うことだ。ダンジョンは、そこに眠るアイテムを取り除けば崩壊する」

どういう仕組みかは知らないが。

「もっともらしい口実もあるし、こんなに戦力が揃うことなんてそうそうないからな」

クレアの護衛のため、王国に戦力を集めざるを得ない状況。

この状況で王国が戦力増強のためと言えば、他の国も認めざるを得ない。

手に入れたアイテムも独占しないと公言すれば、不満も出にくくなるだろう。

「なんか、まんまと王国に利用されてるって感じが気に食わないけど……」

「おい、そこ！　さっきから五月蝿《うるさ》いぞ！　もっと緊張感を持て！」

テスタが振り返り、怒鳴り付ける。

まぁ、ごもっともな意見だな。

今のはこちらに非がある。

とは言え……。

「この調子で二十階層下るのは、精神的に辛いんじゃないか？」

「やっぱり、伝えた方がいいんじゃない？　彼ら、この調子で攻略するつもりみたいだし」

「俺の話なんて、聞くと思うか？」

「それは、なんとも言えないわね……」

いや。十中八九、聞かないだろう。

「テスタは確か、聖教国側だったな……」

これは予想でしかないが、国のお偉いさんから何かしらは言われていることだろう。

いや、言われていなくてもこの性格だ。

可能な限り、持ち帰ろうとするはず……。

聖教国のために。

「はぁ……」

先を考えると、ついため息が出てしまう。

面倒なことにならなければいいのだが。

「これは攻略できたとしても、面倒ごとになりそうだな」

再度、大きなため息がこぼれる。

「ん？」

しばらく歩いていると、ふと先頭を歩くテスタの足が止まった。

「リーダー？」

「モンスターの足跡だ」

テスタが地面に残されたモンスターの痕跡を発見する。

「おい、数は分かるか？」

「はい。前方、三十メートルほどにモンスターが十数匹、更にその奥に二十数匹のモンスターがいます」

「よし、ご苦労だった」

そう言うと、テスタはポケットから黒い手袋を取り出し、それをはめる。

そして、深く拳を引いた。

「おいおい、まさか……この魔法」

その様子を見ていた冒険者の一人が呟く。

なるほど。そう攻めるか。

テスタの拳から右腕にかけて、黒い風が纏わりつく。

あの黒い手袋が、杖の代わりを成しているのだろう。

手の甲の部分には、翡翠色に輝く魔法陣が展開されていた。

「黒風！」

拳を突きだすと同時に、拳に纏わせていた風属性魔法が炸裂。

黒い風が洞窟の壁を削り、幅を広げながら猛スピードで前進する。

「だいぶ広がったな」

先程に比べ、一回りも広くなった洞窟。

原形が分からないほどに、木端微塵にされたモンスター。

百メートル以上先まで、テスタの攻撃の跡が刻まれている。

これが〝破壊の勇者〟と呼ばれる所以。

「凄まじい破壊力だな」

ただ、この魔法の唯一の欠点は手袋が壊れやすいと言うことだ。

特別嵩張るわけでも、重さがあるわけでもないので、予備は幾つも持ち歩いているのだろうが、金がかかるのは間違いない。

「流石は勇者、と言うべきか」

力も財力も段違い。

「セリオンといい、テスタといい、やっぱり勇者って凄いのね」

Sランク冒険者であるユイですら、圧倒するほどの実力。

「流石はリーダーです」

テスタのパーティーメンバーの一人が言う。

「いや、お前の的確な情報があったからこそ、最低限の出力で、モンスターを排除できた。流石は俺の優秀な部下だ」

「こ、光栄です……」

べた褒めされ、テレるパーティーメンバーの女。

「へぇ～」

意外にも、パーティーメンバーには優しいらしい。

「私たちにも、あんな感じで接してくれればいいのに」

「本当にな……」

◇

——ダンジョン三階層。

ここに来るまで数時間は経過していた。

これでも時間をかけずに来た方だと思うが。

「少し面倒だな」

そこは、人の身の丈ほどある蝙蝠のようなモンスターの巣窟だった。

しかも、このフロアに限って光源となる鉱石の数が少なく、視界が悪い。

まぁ、探知魔法を使えばモンスターの襲撃に関しては困ることはないんだが。

「ユイ、上だ」

「了解」

ユイが剣を頭上へと振り上げる。

スパッという音をたて、真っ二つとなった蝙蝠の死体が落下してきた。

「腕を上げたな」

その姿を見ていたダッガスが言う。

「でしょ？」

どや顔で答えるユイ。

「ゴメンね……ユイに頼りっきりで」

「いいのよ。ほら、ロイドも言ってたでしょ？　まだ、ダンジョンの全容が見えないから、魔力は極力温存しておいた方がいいって」

シリカを戦力として投入するのは、ダンジョンの全容が見えてからか、もしくはユイとダッガスだけでは対応できなくなった時。

それまでは可能な限り、二人に頑張ってもらう予定だ。

その間、俺も必要最低限の範囲で探知魔法を発動し、敵の位置を伝える一方。

「くそっ……どこまで下がればいいんだ」

「分かりませんが、まだ下へと続いているようです」

状況把握に苦戦するテスタ一行。

姿こそ見えないが、他の冒険者もあたふたとした様子であることが、その雰囲気から伝わってくる。

「混乱しているな」

当然か。

ダンジョン内の把握はおろか、状況確認すら儘ならないのだから。

「大変よね。まぁ、こっちにはロイドっていうチートアイテムがあるからいいけど」

にこりと笑い、余裕を感じさせるユイ。

「そんな無邪気な顔でアイテム呼ばわりしないで欲しいんだが」

悪気がない上、本人は褒めているつもりなのだから、こちらも強くは言いにくい。

「褒め言葉として受け取っておくか……」

そんなことより、

「ユイ、改めて言うまでもないかもしれないが……このダンジョン、かなりヤバいぞ」

「そろそろ底は見えた？」

「いや……」

「まだ分からないの？」

探知魔法を広範囲化し、再度確認する。

「どう？」

「最低でも、三十階層よりあることだけ分かるんだが」

探知してみるもやはり、底が見えない。

そろそろダンジョンの全体像くらいはつかみたいのだが、なかなか現実はそううまくはいかないようだ。

俺が足元の探知に慣れていないのも、原因の一つかもしれないが、このダンジョン自体が阻害しているのも確か。

下へ行けば行くほど、探知を阻まれる。

「三十階層って……冗談でしょ。しかも、まだ下があるって……」

「これは流石に撤退した方がいいんじゃないか？」

ダッガスの意見も理解できる。

だが、

「テスタがそれを認めると思う？」

「認めないだろうな」

「私たちだけ撤退は？」

「後で何を言われるか考えたくもない」

こっぴどく叱られることは確かだろう。

地道に、時間をかけて攻略していくしかなさそうだ。

と、そんな中。

不穏なことを考える人間が一人。

「まったく、これが勇者の力か？」

　ここまで、大きなアクションを起こしてこなかったシノが、しびれを切らし動き出す。

「こんな雑魚相手にチマチマと……」

「ちっ……ふざけた格好で来た上、遅刻するような奴が、俺に口出しするのか？」

「あぁ、口出しさせてもらう」

　シノの堂々たる態度に、眉をひそめるテスタ。

「破壊の勇者、お前はこの調子でダンジョンを攻略していくつもりか？」

「無論、そのつもりだ」

「そうか……なら、私に先を越され、アイテムを手に入れられても問題はないよな？」

「何？」

　驚くテスタを他所に、シノは傘を地面へと突き立て、詠唱を始める。

「深淵よりいでし、魔法弓。私の前に顕現せよ！」

　傘を天井へと突き上げると同時に、巨大な魔法陣が出現する。

「おい、お前まさか⁉」

「ふん。ダンジョンがどうした？　迷路を楽しみに来たわけじゃないんだ。こんなもの壊して進めばいいだろう？」

　紫に輝く魔法陣から、巨大な魔法の弓矢が召喚される。

シノお得意の闇属性魔法の一つ。

「全てを砕け！　ダークネスアロー！」

弦が自動で引かれ、巨大な魔法の矢が地面目掛けて放たれる。

それは、ダンジョンの地面を何層も砕き、下へ下へと突き進んでいった。

「めちゃくちゃだ……」

その光景を見ていた冒険者が呟いた。

「それじゃ、お先に」

そう言い残し、シノはふわっと穴の底へと飛び降りた。

「ちっ……嘗めやがって」

先を越されたことに、苛立つテスタ。

「俺たちも急ぐぞ。あんな奴に遅れをとってたまるか！」

「「はい！」」

テスタはそう言うとパーティーメンバーから杖を受け取り、風属性魔法を発動した。

発動した魔法は風を利用し、自身やその周りの人たちを若干浮遊させる魔法だ。

直接攻撃できる魔法でこそないが、使えるとかなり便利な魔法。

「なっ、自分たちだけ！」

ユイが落下していくテスタたちを見ながら叫ぶ。

「俺たちはお荷物ってことか？」

クロスもそんな彼等を眺めながら、苛立ちを見せる。

「本当に、会議の時からだけど。何なの、あいつらは」

「ついて来られないような奴は用無しってことだろ」

「でもさ、あんまりじゃない⁉」

憤慨するユイ。

「まぁ、ユイの気持ちはよく分かるが……」

下からは未だ、洞窟の床を無理矢理打ち砕く音が聞こえてくる。

随分と派手にやっているな。

これならば攻略にそう時間はかからないだろう。

長くても、予定されていた一週間を超えることは無さそうだ。

床をぶち抜くことで下にいるモンスターを押し潰せる上、モンスターとの遭遇もかなり避けることができる。

「どうする？　あっちがあの態度なわけだし、帰っても何も言えないでしょ」

ユイの案にも一理ある。

帰れるものならば帰りたい。

だが、そうは行かなそうだ。

「シリカ、さっきのと同じ魔法は使えるか？」

「はい、使えますけど……まさか、進むつもりなんですか⁉」

「あぁ、可能ならばここにいる全員にかけてもらいたい」

「「「はぁ⁉」」」

俺の発言に、全員が驚愕の表情へと変わった。

「おい、Dランク冒険者が！　ふざけんなよ！」

「私たちは帰るわ！」

罵詈雑言の嵐。

「今のはロイドが悪いわ」

ユイが呆れた表情で言う。

だが、俺の発言で状況を理解した人も、少なからずいたようだ。

現にシリカは既に魔法を唱える準備を終え、指示を待っている。

「ダッガスはどう思う？」

「俺も賛成だ。正直、攻略なんてしたくないが」

「ど、どういうことよ？」

俺とダッガスの会話を聞いていたユイに尋ねられる。

「たぶん、このままだとこの洞窟は……ダンジョンは崩落する」

「えっ⁉」

チンタラしている俺たちに腹立ち、脇目も振らずに、ひたすらに最下層を目指すシノ。

それに負けじと、床を破壊しアイテムの回収に勤しむテスタ一行。

こんなに激しく、何も考えずに破壊を続ければ……その先に待つ結末くらいは予想がつく。

「バランスを失った洞窟は連鎖的に崩壊を始めるだろうな」

大切なことなので、二度言っておく。

「でも、急いで逃げれば……」

刹那、ユイの言葉を遮るように、足元が激しい音をたて震動する。

早速、ダンジョンのどこかが崩壊を始めたようだ。

「そうも言っていられないようだな」

これは説明を早く済ませないと不味いか。

俺は少し早口で説明を再開する。

「ここで俺らに与えられる選択肢は二つ。落下しながらダンジョンの崩落から身を守るか……

もしくは頑丈な層に着地し、そこで崩落から身を守るか……」

落下しながら落石を避ける、なんてゴメンだ。

「つまり、死にたくないなら降りるしかないってことね」

底の見えないほど深い、巨大な穴を覗き込みながら言う。

「そういうことだ」

もっとも、下も安全とは言い難い状況だろうがな。

「シリカ、頼む」

「はい、ロイドさんもサポート頼みます」

「勿論だ」

同時に杖を構え、俺は強化魔法を。

シリカは風属性魔法を発動する。

その場にいた全員の身体が風に包まれ、少し浮遊する。

「よし、降りるぞ」

◇

落下速度を調整しながら、極力速く落下する。

着地すると、そこにはモンスターと戦闘するシノとテスタがいた。

「ちっ、お前たちも来たのか」

落下しながらカウントした感じ、ここは五十九階層あたり。

残る階層はあと十一階層と言った感じだ。

「全七十階層のダンジョン……」

攻略させる気なんて微塵もないと、そうダンジョンが言っているように思えるほど、気の遠くなるような道程。

三階層からこの五十九階層へ一気に来たのは、かなり大きな進捗だ。

「おい！」

冒険者の一人が、テスタのもとへ歩み寄っていく。

「お前らの身勝手な行動のせいで俺たちは死にかけたんだぞ！」

怒鳴る冒険者。

しかし、テスタはその男を見向きもしなかった。

「聞いてんのかよ！」

今にも殴りかかりそうな冒険者の男。

それでもなお、テスタは無視し続ける。

「おい、聞こえて……」

「……そろそろか」

テスタが上を見ながら呟く。

「そろそろ？」

つられるように上を見る一同。

その数秒後、ダンジョン全体が、本格的に崩壊を始めた。

先ほどにもまして、激しい音をたて振動する。

「そろそろ……って、こうなることが分かっててしたのか⁉」

「無論、予想はしていた。当然、身を守る対策もしている」

テスタが冒険者の問いに、きっぱりとそう答える。

「分かっていてって……お前、俺たちを殺そうとしたのか？」

「何を言っているんだ？　お前らはSランクないし、Aランクの冒険者だろう。自分たちの身くらいは自分で守れ」

「なっ……⁉」

「何だ？　それともお前ら、ランクの高い冒険者と自負しておきながら、ピンチになれば他人に泣きつくのか？　そんな情けない真似を平気でするのか？」

おちょくっているとしか思えない台詞。

「さっきも言ったが、お前らがこんな身勝手な行動をするからだろ！」

「そうよ！　私たちの命をなんだと思っているの？」

怒る冒険者。

彼らに対し、テスタはこう言い放った。

「その心配は無用だろう」

テスタはきっぱりとそう言い切る。

「この程度であたふたしているような奴は、どのみちこの先では生き残れない」

そう言い、眼鏡をくいっと上げる。

「何を根拠に言っているんだ！」

「勝手なことを言わないで貰えるかしら？」

黒い手袋の甲で翡翠色に輝く魔法陣。

テスタの拳には、黒い風が纏りつくように渦巻いている。

「数秒後には分かる」

そう言い、今までより遥かに高い出力で、黒風を叩き込む。

それにより、人一人入れる程度の広さの穴が開けられる。

「ここの層の床は頑丈だ。この下に行けば崩落からは身を守れる」

先ほどとは一転、優しさを感じられるような言葉をこぼす。

意外にも気を使ってくれているのか、もしくは罪悪感を感じているのかと。

多くがそう錯覚した。

「……が、オススメはしない。お前らにはな」

その一言で、はっと目を覚まさせられる。

「はぁ、ふざけんじゃねぇよ！」

「勇者だからって、Sランク冒険者を嘗めないで欲しいわ」

挑発じみた発言もあってか、迷わず、冒険者たちはその穴へと飛び込んでいった。


その数秒後……テスタの予言通り、下から悲鳴が聞こえてくる。


「な、何をしたの⁉」

ユイがテスタに尋ねる。

「俺は何もしていない。むしろ、俺は親切に忠告までした。この先では、お前たちの実力では通用しない……と」

俺も、この階層に降り立った時から、感じていた。

はっきり言って、この下と上では、棲んでいるモンスターのレベルが段違いだ。

しかも、この下の層はこの層に比べて更に広くなっている。

どういう仕組みかは知らないが、このダンジョンは最下層へと近づくにつれ、広くなっているようだ。

「生きたままモンスターに食い殺されるのと、落石に潰されて一瞬で死ぬの……どちらの方がマシかくらいは分かるだろう」

Aランク、Sランク冒険者が、いとも容易くやられてしまう世界が底に広がっている。

「はて……これはどうしたものかの」

リョウエンもすぐには入らず、様子見をしていたようだ。

「生きていたんだな」

「お陰様での。五体満足じゃ」

残っているのは、俺たちのパーティー、リョウエン、シノ、テスタとその仲間。後は穴に入り損ねた冒険者が数名と言った感じだ。

まだ、穴から下りた冒険者が死んだとは確定していない。

しかし、無事とも思えない。

「でも、行くしかないのよね」

ユイがごくりと唾を呑み込む。

「じょ、上等よ！　進化した私を見せつけてやろうじゃない！」

自身を鼓舞し、意気込むユイ。

「俺も頑張らないとな」

そんな姿に俺も鼓舞されていた。

その直後だ。

俺とユイ、そしてリョウエンの脚に黒い魔法の鎖が絡み付く。

「なっ⁉」

この魔法……シノの闇属性魔法だろう。

本来、相手の動きを封じたり、体力や魔力を奪う魔法なのだが……。

魔法の鎖を手足のように、使用してくるとは。

「随分と……器用に使うな」

足を掬われ、バランスを崩してしまう。

「悪いけど、こいつら借りてくぞ」

シノの足元には、既に半径一メートルほどの風穴が空いており、俺たちはその中へと吸い込まれてしまう。

「お前、どういうつもりだ!?」

浮遊感の中、ダッガスが怒る声が聞こえてくる。

しかし、そんなダッガスの怒りを他所に、シノは俺を追うように穴へと飛び降りた。

「聞く耳すら持ってくれないのかよ」

追おうとするダッガス。

しかし、シノの作った穴は、落石によりすぐに封じられてしまう。

「計ったな」

ダッガスとの距離感に落石のタイミング。

はめられた。

「くそっ‼」

ダッガスは悔しそうにしながらも、テスタの作った穴へと飛び込むのだった。

第四話　即席パーティー、実力を見せる

かなり厚い層だったのだろうか。
着地までには予想以上の時間がかかった。
と言っても数秒程度の差でしかないのだが。
地面と衝突する寸前で、魔法の鎖が四肢に絡み付き、僅かに俺の身体を引き上げる。
「受け止めてくれるのは助かるんだが……」
ちらりと周囲に目を向ける。
ユイとリョウエンも似たような状況だ。
違いといえば、ユイだけがじたばたとしていることぐらい。
遅れて、シノが地面へと綺麗に着地する。
「よし……あいつらとは離れた場所に降りたみたいだな」
鎖に誘導されるがまま落下してきたが、意図的に離れた場所へと下りてきたのだろう。
天井に開いた穴を見るが、やはりまっすぐではなく湾曲した風穴を開けたらしい。

この鎖と言い、この風穴と言い、器用なもんだ。

「凄いな……」

素直に感心させられる。

「ねぇ、ちょっと！　これはいったいどういうつもりなの⁉」

未だ、じたばたとしながらもがくユイ。

確かに、この経緯について説明して貰う必要があるだろう。

だがまず、

「その前に、とりあえず下ろしてくれ」

「そうじゃの……童もこの格好はちと嫌じゃ」

着ている和服は乱れ、あられもない姿になりかけているリョウエンがじっと、ユイを見つめる。

「な、なに？」

「忠告じゃ、あんまりじたばたせん方が良いぞ？」

一旦動きを止め、リョウエンの言葉の意図を考える。

「……どうして？」

「自分自身に目を向け、その胸に尋ねてみたらどうじゃ？」

「ん？」

ユイが不思議に思いながらも、視線を自身の身体へと向けた。

「なっ⁉」

鎖に無造作に誘導されながら落下し、更に暴れていたせいか、かなり危うい格好と成り果てていた。

「み、見るんじゃないわよ！」

「あ、あぁ……」

顔を赤らめ、怒るユイ。

「あなたも！　この変な鎖を解いて、さっさと私を下ろしなさい！」

「そうだな」

シノが指をパチンッと鳴らすと同時に、魔法の鎖が消滅する。

「きゃ！」

衝突の瞬間、微かな痛みが身体を走る。

「痛てて……下ろすなら下ろすって言いなさいよ！」

「はぁ……まったく、注文の多い女だな」

シノはそんなユイを面倒くさそうに眺める。

だがこの場合、どう考えてもユイの方が正しい。

文句が出て当然だ。

俺も言いたいし……。

だが、今は他に質問したいことがあった。

「まず、この経緯を説明してもらうか？」

「率直に言うならば、この先は私一人では攻略不可と判断したからだ」

「それで私たちを？」

「随分と勝手な理由じゃな」

俺もリョウエンとユイの意見に頷く。

「なら、テスタたちと同行すればいいじゃない」

「いや……それはできない」

「何故じゃ？」

リョウエンがシノに問う。

「それは、私の魂があいつとの共闘を否定……いや、拒絶するからだ！」

至って真面目な顔で答えるシノ。

何やら難しいことを言っているようにも聞こえるが……。

「要は嫌いってことか」

「らしいの……」

要約すると、私はテスタが嫌いだから共闘はしない。だが、一人では攻略できそうにないので代わりにお前らを連れていく……と。

「はぁ……」

まったく、どうしてこのダンジョン攻略には、身勝手な奴等ばかりが加わっているのだろうか。

「いや、だからこの面子なのか」

実力はあるが面倒な面子を追い出し、かつ有効活用する。

そうすればクレア護衛には協調性のある人材を残せる。

王国もさぞかし指揮をとりやすいことだろう。

テスタもシノも、どちらかと言えば厄介がられそうな性格をしているし、本人らもそれを改善しようとは考えまい。

そうか……。

これが目的だったか。

「ちなみに聞くけど、ダンジョンがあと何階層あるかは分かってるの？」

ユイがシノに尋ねる。

「いや、だがそろそろラスボスじゃないか？」

「なんでそう思うの？」

「私の勘がそう告げているからだ」

「勘って、あなたね……」

　ユイが振り返り、こちらを見る。

「正しくはどうなの？」

「あと十一階層だ」

「うーん、当たらずとも遠からずって感じね」

「ちなみに、この先は床を砕くなんて言う荒業は通用しないと思う」

　上があれだけの騒ぎだと言うのに、ここが崩落してないことが何よりの証拠だ。

　ここから下は洞窟の強度も違う。

　さて、どうしたものか。

「おい」

「ん？」

　この先、どうしたものかと考えているとシノが顔を急接近させ、俺の顔を覗き込む。

「ど、どうかしたのか？」

「お前には分かるのか？　このダンジョンの全貌が」

「今はな。入ってすぐは、二十階層以上あることしか分からなかったが……」

「何故、伝えなかった？」

「それは……」

「いや、答えなくていい」

シノはそう言うと近づけた顔を遠ざけた。

「察してもらえると助か……」

「そうだな。内なる真の実力は隠す……当然のことだ」

予想外の言葉に驚きを隠せず、動揺してしまう。

「えっ、いや、俺は……」

「分かるぞ、何せ私もそうだからな。真の実力は隠し、いざという時に発揮してこそ輝く」

本人は、当然だと言わんばかりにそう言い切る。

「うーん……」

分かるような、分からないような。

言葉のチョイスさえ正せば、伝わるのではないだろうかとも受け取れるが。

「要は、いざって時のため、実力は隠しておけってことか？」

「あぁ、そう言うことだ」

対人戦ならばよくある戦法だ。

モンスター相手にそれをする意味があるのかと問われれば、怪しいところではあるが。

少なくとも確かに言えることが一つ。

「俺は隠してるつもりなんてないぞ」

「ん？」

「ん？」

俺とシノの間に少しの沈黙が走る。

「いや、だがそうして、魔力を常に抑え込んでいるじゃないか？」

「えっ？」

その言葉に反応したのはユイだった。

「そ、そうなの……ロイド？」

「まぁ、確かに、常に魔力コントロールは心がけているが」

「ふん、やはりな。私の目に狂いはない」

シノの言うように魔力を抑え込む……というか、コントロールはしている。

とは言え、別に実力を隠しておこうとしているわけではない。

常日頃、魔力をコントロールし、体内に留めることで魔力消費の効率をよくすることができるなど、利点があるからしているだけだ。

もっとも、幼い頃師匠に教わってからずっとしているため、特別意識して、コントロールしているわけでもないのだがな。

「ロイド……まさか、彼女と同類……」

「そ、そうか。そうじゃったのか……」

「おい待て、何か勘違いをしていないか？」

嫌な予感がしたため、確認をとる。

「案ずるでない。童はおぬしがもし、仮にそっち側の人間だったとしても、後輩を見捨てはしない。先輩として、優しさをもって接していくぞ」

「私も、パーティーメンバーを見捨てたりはしないわ」

哀れみの目を二人が向けてくる。

やはり、何か致命的な勘違いをしているようだ。

「いや、俺はあくまでも鍛錬の一環としてだな」

「「鍛錬？」」

二人の言葉が重なる。

「そうだ。魔力をコントロールできるようになれば、魔力消費のロスを少なくできるし、魔力を渡すこともできるようになる」

魔力譲渡はこの延長線上にある魔法だ。

他で言えば隠蔽魔法という、気配を限りなく無へと近づける魔法もそうだ。

完全に気配を消すとまではいかないが、何かと便利な魔法だと言える。

魔力のコントロールはそう言った魔法の習得に繋がるというメリットもある。

「ほう、なるほど。そう言う利点があるのか」

感心した表情で、話を聞くリョウエン。

「魔法を使わないユイならともかく、リョウエンが知らないって言うのは意外だな」

師匠と知り合いならば、このくらいは知っていると思っていた。

「いや、童も直接指導を受けたことは、数えられるほどしかないのでのお。主にストー……じゃなくて、観察によって得たものなのじゃ」

「なるほどな……」

リョウエンのストーカー行為は今に始まったことではないと言うことがよく分かる一言だ。

「うむ、やはりダンジョン攻略に参加して正解じゃった。こうして、新たな発見もあるしの」

この件で驚く発見があったのは俺もだ。

「俺はてっきり、魔法を使う人たちの間では常識なんだと思ってたが、違うのか？」

「魔力のコントロールなんて、そう簡単にできることでもないしの……少なくとも、鍛錬の一環として日常的にやっている魔法職はそうおらん。常識的ではないな。それだけは違うと、童がそう断言しよう」

リョウエンが違うと断言するのだから、違うのだろう。

「常識じゃないのか……」

「いかにも。事実、童が知るなかでそれをしているのは目の前にいる非常識の塊だけじゃ」

お前が言うな……という気もするが、その発言はもっともなものだった。

「そうだったのか……」

今度、シリカに教えてあげないとな。

「まさか、そんな鍛錬の方法があったとはのぉ……ん？」

何かに気が付いたリョウエンが、シノのいる方へと顔を向けた。

「つまり、シノはこれを知っていたということか？」

「ん？　あぁ、当然だろう？」

シノが当たり前だと言わんばかりの顔でそう答える。

「誰から教わったんじゃ？」

興味津々といった様子で、シノに問いかけるリョウエン。

それに対し、シノは胸を張り、堂々とこう答える。

「やってる内に意味があることに気がついた」

予想の遥か上を行く回答に、思わず俺もリョウエンも言葉を失った。

「ねぇ、私が分かるような会話にしてくれない？」

魔法の話ばかりで中々会話に交ざれなかったユイが、不満そうな顔で言う。

「あぁ、すまない」

「うむ、そうじゃな。確かユイは剣士じゃったな」

「そうよ！　さっきから私抜きで楽しそうに話して……というかどうするの？　和んでるけど、

こいつのせいでダッガスたちとはぐれたのよ」

シノをびしっと指差し言う。

「どうしてくれんのよ!?」

「ダッガス……お前のパーティーメンバーか。それなら大丈夫だろう。破壊の勇者もついているし、攻略はできないだろうが、死ぬことはないはずだ。まぁ、いつまで持つかは保証できないが」

シノが微かに口角を上げ、笑って見せる。

「意図的に分離したり、攻略せざるを得ない状況を作ったり……性格が悪いんだな」

「別にアイテムが欲しいわけじゃない。攻略できたら、アイテムは譲ろう」

「アイテムが目的じゃないのか?」

「興味が無いわけではないが、確か聖剣も元はアイテムなんだろ?　私は国やら政治やらの面倒事に巻き込まれるのはゴメンだからな」

シノの言うことは、理解できなくもなかった。

手にいれたアイテムの私物化など、王国が許したとしても、他の二国が許すとは考えられない。

特に聖教国は認めようとしないはずだ。

「それじゃ、何が目的なんだ?」

その実力を世間に知らしめること。

歴史にその名を刻むこと。

または大金を手にいれることなど、様々な予想が頭を過る。

「それは……」

「それは？」

「ロイド……お前を見極めるためだ！」

シノの意味不明の発言に、俺たちは再度言葉を失うのだった。

◇

——その頃……テスタ一行は生き残った冒険者を連れ、ダンジョンの最下層へと歩みを進めていた。

既に冒険者の多くが、怪我をしており、数も半数ほどへと激減している。しかも、生き残りの半数は戦えるほどの状態ではなく、まともに戦力として数えられる冒険者は、ダッガス、クロス、シリカを含めて数人ほど。

プラス、テスタとそのパーティーでダンジョンを攻略しなくてはならない。

控え目に言っても絶望的な状況。

「こんな時にロイドがいれば」

クロスの口からはそんな弱気な言葉がこぼれていた。

「ロイドさんがいたら、どうなってたんでしょうね」

「さぁな。いつもみたく、平然と攻略法を導き出すんじゃないか？」

「そして何食わぬ顔でとっととアイテムを回収するんだろうな」

こんな絶望的な状況だからこそ、三人はついロイドのことを考えてしまう。

いつも、ピンチになる度に機転を利かせ、解決へと導いてきたロイドのことを。

そんな会話に意外な人物が耳を傾けていた。

「おい、お前ら」

テスタがダッガスらのもとへとスタスタと歩み寄ってくる。

「何だ？」

「お前らに一つ、聞きたいことがある」

「俺らに？」

テスタから放たれた意外な言葉に、ダッガスが首を傾げる。

「お前たちのパーティーはダンジョン攻略が始まってから、随分と落ち着いていたな」

そう言われ、ダッガスがここまでの記憶を遡る。

「まぁ、そうだな。比較的、落ち着いていたかもしれないな」

「あぁ……まるでこのダンジョンについて熟知しているかのような態度だった」

テスタが鋭い視線でダッガスを見つめる。

「いつ、どこでかは知らんが……ひょっとして、お前らは知っていたんじゃないか？　このダンジョンについて」

「そうだとして、何が言いたい？」

「その情報……どこで手にいれた？」

不正したとでも言いたげな、難癖をつけるような言い方。

そもそもダンジョン攻略に不正などないため、ダッガスたちが難癖をつけられる謂れはない。

「文句があるのか？」

「当然だ。何故、それを教えなかった？」

「仮に、俺たちが何か情報を掴んでいたとして、それを教えたとしよう。それをテスタ、お前は信じたか？　どうせ、耳すら傾けなかったんじゃないか？」

今だからこそ、そう言われれば耳を傾けるぐらいはするだろうが、ダッガスの言う通り、初期の段階でそれを伝えられたとして、テスタは耳すら貸さなかっただろう。

「それも、その情報を掴んだのがロイドだと知れば尚更な」

「ロイドだと？」

思わず、驚きのあまり大きな声を発してしまう。

「ロイド……元はアレンの部下だったあのDランク冒険者か」

「そうだ。三階層にいた時、あいつはその時点で少なくとも二十階層以上あることを把握していた。探知魔法でな」

「う、嘘です！　あり得ません！」

それを聞いたテスタのパーティーメンバーの女が、顔色を変えて叫ぶ。

「ミリア、それはどういうことだ？」

「探知魔法は周囲のモンスターの位置を把握できる魔法です。難易度は多少高いですが、特別珍しいかと言われれば、そういうわけではありません。ですが、私のように使いなれている人でも百メートルと少しが限界です」

周囲にいる冒険者も熱弁する女の話に異議を唱えることはない。

それは一般的にこの女の言うことが正しいとされているからだろう。

「原理的にも探知魔法によるダンジョンの構造の把握なんて不可能なんです。しかも、二十階層までなんて……かの伝説の冒険者ならまだしも、彼はDランク冒険者。あり得るはずがないんです！」

きっぱりと言いきり、最後にダッガスのことを睨み付ける。

「彼等の言うことは嘘です！　リーダー、信じてはいけません！」

「うむ……」

テスタも戦闘のプロ。

魔法に関する知識は人並み以上にはある。

そんなことが常識的に考えてあり得ないのは明白。

パーティーメンバーの使う魔法ともなれば尚更だ。

テスタが女の味方につくのは、当然とも言える。

「あぁ、そうだな。その女の言うことは間違ってはいない……と、ロイドに会う前の俺なら、そう言っていただろうな」

ダッガスが、かつての……ロイドと出会う前の自身の姿を思い浮かべながら言った。

「……何を根拠に言っているんですか？」

「まず、その女の言うことには決定的な間違いがある」

「ま、間違いなんてありません！」

ダッガスの話なんて聞く気もないと言わんばかりに否定する。

しかし、それでもダッガスが話を止めることはない。

「ロイドから聞いた話だが、探知魔法の本質はモンスターの位置の把握ではない。探知魔法の能力は、あくまでも魔力の感知だそうだ」

「魔力の感知……」

「だから、少ない魔力でも探知し、その大小や質すら区別できるロイドには、魔力濃度の高いダンジョン内の構造が把握できる……これはあくまでも、俺の推測でしかないがな」

モンスターの魔力を探知し、位置を立体的に把握することで、ダンジョンの全体像を予想している。

人並み外れた芸当。

ダッガス自身、話してもすぐには納得してくれないと分かっていて説明していた。

「そ、そんなのあり得ません。あり得るはずが……」

そんな中、テスタの脳内にて王城での会議のシーンが思い出される。

王国の騎士団長が絶賛し、普段、他人に興味すら抱かない一匹狼のセリオンが認めた唯一の人物。

それがDランク冒険者の白魔導師、ロイドであったことを。

「それが真実か、それとも戯言か。それはひとまず置いておくとして、そのロイドとやらはこの先について何と言っていたんだ?」

「何も言っていない……というか、聞く前にあのシノとかいう冒険者に連れ去られてしまったからな」

「そうか……」

「リーダー、こんなやつの言うこと、信じる必要はありません！」

必死に説得を試みるパーティーメンバーの女。

他のパーティーメンバーからも、彼女の意見を擁護するような発言が飛ぶ。

そんな様子を、ダッガスは冷静な姿勢で眺めていた。

「俺も、ロイドと出会ってなければ、今頃こんな風になっていたんだろうか」

そう考えると、嘘だと否定ばかりするこの女にもきつくは言えないなと、そう思ってしまう。

「まぁ、この話をお前たちが信じないなら、別にそれでもいい」

近接戦闘を得意とするユイ。

支援魔法を得意とするロイド。

その上、先程、これまた規格外な威力の魔法と器用さを見せつけたシノ。

その分野において彼等の右に出るものは、そういないだろうと。

ダッガスは確信していた。

ロイドとユイを勝手に連れ去ったことには未だ怒りを覚えるが……。

そこは大丈夫だと信じ、帰ってきてから説教を長々としてやるつもりだ。

それに、たった一人でSランクに成り上がった冒険者は、冒険者制度が確立してからも数えられるほどしかいない。

人を無闇に殺すような人物がなれるほど、甘い世界でもないのはダッガスはよく知っていた。

シノを含めた三人だけでも、攻略できる気がしてしまうほどだ。

更には王国お抱えの研究者。

他国出身でその地位につくのは、そう容易くはないはずだ。

知識も腕もかなりのものだと推測できる。

その四人がこのダンジョンの何処かにいるのだ。

それを踏まえた上で、ダッガスはこう言葉を続ける。

「お前らが俺の言葉を信じようが信じまいが、どっちでもいい。何故なら、あいつらがダンジョンを攻略するという結果は揺るがないからだ」

◇

シノの理解不能な発言から数十分後。

「グルゥゥゥ……」

背後から威嚇し、迫る巨大な狼。

狼の全長は三メートルを優に超えると思われ、その皮膚は硬い岩を連想させるような甲殻で覆われ、鎧の役割を果たしている。

巨体から生み出されるパワーに、鋭く尖った牙と爪。

防御面も並みの剣士では、かすり傷一つつけられないほどの強固さ。

しかも、常に五、六匹で行動している。

本来ならば、苦戦は必至とされる状況。

しかし、

「はぁ！」

ユイが俺の背後に迫る狼目掛け、剣を振り下ろす。

すると、狼の硬い甲殻はいとも簡単に砕け、そのまま狼の頭と胴体をお別れさせる。

「凄い……」

明らかに、見違えるほど剣の腕が上がっていた。

「次！」

身体の向きを変え、近くにいた別の狼へと斬りかかる。

一瞬で距離を詰め、相手の間合いに入り、反応させる間もなく瞬時に剣を振るう。

気が付けば、六匹いた狼もその全てが屍と化していた。

一方、少し離れた場所にて同じ狼の群れと戦うシノ。

シノを六匹の狼が囲い、威嚇しながら周りをゆっくりと回っている。

「それで私を追い込んだつもりか？」

傘の先端を地面へと向ける。

「ふん、地獄の業火に焼かれて死ぬがいい。漆黒の炎……ヘルファイア！」

シノを中心とし、地面に濃紫色の魔法陣が現れ、円周をなぞるように黒い炎が燃え上がる。

「グルゥゥ……」

黒い炎に阻まれる六匹の狼。

そんな狼の様子を滑稽《こっけい》だと嗤いながら、シノは傘を指揮棒のように動かす。

すると、ただシノを護るかのようにメラメラと燃え上がっていた黒い炎が、突如意思を持ったかのように、六匹の狼へと襲いかかった。

「グルァァ！」

黒い炎にその身を焼かれ、悲痛な叫びを上げる狼たち。

その後、狼たちは黒い炎に呑まれ、炎が消える頃には骨の欠片すら残ってはいなかった。

「闇属性魔法、ヘルファイアの応用か……ただでさえ、扱いの難しい魔法をあんな風に使って見せるとは……」

リョウエンが興味深そうにシノを見つめる。

ヘルファイアは本来、黒い炎を直接敵に当て、相手を燃やし尽くす魔法だ。

自身を囲うように黒い炎を召喚する魔法ではない。

リョウエンの言うように、ヘルファイア自体が難易度の高い魔法なため、これだけでもかなりの技術が必要とされる。

だが、シノはそれだけに留まらず、その黒い炎を意のままに操って見せた。

はっきり言って異常だ。

「今後も俺の出番なんてないんじゃないか？」

今、俺は強化魔法すら使っていなかった。

ユイとシノに「この程度の敵、強化魔法を使うまでもない」と言われたからだ。

介入の余地もなかった。

「二人とも凄まじいの……。同じSランク冒険者でも、あのレベルの奴はこの王国には他にいないと思うぞ」

「そうなのか？」

「うむ。王国をメインに活動している冒険者のありとあらゆる情報を集めてきた童が言うんじゃ。間違いない」

素直にパーティーメンバーを褒められるのは嬉しかった。

しかし、気がかりなことが一つ。

「不服か？」

「いや、そう言うわけではないが……」

元々、ユイのことは尊敬していたし、実力もかなりのものだと評価していた。

だから失礼を承知で、あえて言わせてもらうならば……。

「ユイは、あそこまでは強くはなかった」

「なに？」

その言葉を聞き、リョウユンが驚きの声を上げる。

「ユイという若きSランク冒険者がいるのは知っておったし、何度か情報収集をしたこともあった。だが、童は王都を離れていた間、ユイが何をしていたかは流石に知らん。基本、王都から出ることがないのでの」

リョウエンはイシュタルにいた頃のユイは知らない。

「だから童はてっきり、その間に強くなったんじゃとばかり思っておったが……」

「少なくとも二週間前、魔王軍の四天王と戦った時はまだ、あそこまでの強さはなかった」

「隠しておった可能性は？」

「……性格的に、周りに悟られずに隠し事ができるような人間じゃないと思う」

「ふむ」

俺の言葉を聞き、リョウエンがユイを一瞥する。

「ダンジョンに入る前からちょくちょく見てはおったが、確かにそうは見えんの。隠し事とか、からっきしと言った感じじゃったな」

もし、今まで見てきたユイの分かりやすい性格が、その全て演技だというなら、俺は二度と人を信用できなくなるだろう。

だとすれば、ここ数日で強くなったと考えるべきか……。

「そう言えばこの数日間、失踪してたんだったな」

「失踪？　ユイがか？」

「ちょうど俺がリョウエンの研究室に籠っていた頃だな」

そうなると一週間にも満たないほどの短い期間であそこまで腕をあげたということになる。

しかし、たった数日で、あんなにも変われるものなのだろうか。

「まぁ……ユイのポテンシャルの高さも考慮すれば、可能なのか？」

「いや、本人のポテンシャルだけじゃ無理じゃろうが……そうじゃのぉ。超優秀な師匠がいたら……いやぁ、それでもキツいか」

記憶を遡り、それが可能そうな人物を探すリョウエン。

「剣ということも考慮するなら……童の知る限り、そんなことができる奴は一人しかおらんが……」

「いるのか？」

「まぁ……いるにはいる」

むしろ、そんな人がいることに驚くが、何処か引っ掛かる部分があるのか、リョウエンは浮かない顔をしている。

「いやぁ、心当たりはあるんじゃが、もし、其奴が王都にいたのなら、それだけで大騒ぎになりそうでの。色々と事情もあるしな。じゃが、童の耳にそういった情報は入っておらん」

「あー、ちょうどその頃、リョウエンは王都をぶらついてたんだったな？」

「道具調達も含めての。それに、そういった情報は随時童の元へ入ってくるよう、情報網を張っておる」

「へ、へぇ……そうなのか」

ここまで来ると『ストーカー』という言葉では彼女を形容しきれないのではないかとすら、感じてしまう。

その道のプロの領域だ。

敵にはまわさないようにせねば……。

「ねぇ、何話してるの？」

そんな会話をしていると、周囲のモンスターを一掃し終えたユイが戻ってくる。

「強くなったなって話をしてたんだ」

「誰が？」

「もちろん、ユイのことだ」

「そうでしょ！　私もロイドに負けてられないからね」

「誰から教わったんだ？」

「それはね……って、言わないわよ！」

「でも、誰かから教わったのは認めたよな？」

「はっ⁉」

口を滑らせたことに気が付き、慌てて口を塞ぐ。

「今更だと思うぞ」

「そうね、ここまでばれたらもういいわ。確かに、私はここ数日、ある人と稽古をしていた」

「ある人っていうのは？」

「知らないの、誰なのか」

「えっ？」

普通に考えて、そんなことあるのか？　思ったが、ユイならばあり得るな…と思考を切り替える。

「そんなことがあったのか……」

「ええ、色々あってね。そこまでの経緯は省くけど、街で出会った剣の達人に教わったの」

「いや、その経緯とやらが一番気になるんだが……」

街でたまたま出会った剣の達人というパワーワードはまだ理解できるとして。

いったい、何をどうすればたまたま出会った剣の達人に、剣を教わる展開になるのか。

俺には皆目、見当もつかなかった。

「で、結局どのくらい知ってるんだ？」

「まぁ、少しだけ？　確かなのは女の人だったことくらいかしら」

「数日教わって、知れたのは性別だけって……」

絶対わけありだろ、と心のなかでツッコミをいれる。

当然、ユイもそれは分かった上で、ついて行ったのだろうからな。

「結果良ければ全て良しでしょ?」

「うーん、まぁ、そうか?」

「そうよ、見てなさい！　修行で得たのはこの技術だけじゃないんだから」

高らかにそう宣言するユイ。

何故、そこまでして俺に見せつけたいのかは不明だが……。

「あぁ……楽しみにしておく」

俺はユイの言葉に短く、そう返した。

第五話　Sランク剣士、さらなる高みへ

下へと続く石造りの階段。

階段を下れば、そこはダンジョンの地下六十九階層。

下にはあと一階層、アイテムが眠るとされる階層を残すのみとなっていた。

途中、苦戦を強いられる場面もなくはなかったが、モンスターが強いことを除けば、他の階層と大差はないと言える。

強いて挙げるならば、下へ行けば行くほど鉱石の明るさが強くなっていることぐらいだ。

これはこの鉱石が取り込んできた魔力量の多さが原因ではないかと、リョウエンはそう話していた。

「あと二階層……」

ここに来るまで、まあまあ長い道程ではあった。

予想よりは遥かに早いが、それでも三日は経っている。

道中で、長めの休憩をとったりしたのも時間のかかった要因ではあるが、それにしても長かった。

長過ぎる……。

その上、モンスターの種類も多種多様で、実力は外では出会えないほどの高レベル。

唯一の救いは、この洞窟が普通の洞窟とは違い、窮屈さを感じさせないほど広く、また階層ごとに違った風景であることぐらいだ。

現に、俺の今いるこの六十九階層は、天井が今まで以上に高く、光の当たらない洞窟内にもかかわらず緑が生い茂っていた。

そのせいで、長い階段を下ることにはなってしまったが。

「こんな地中深くに森って……」

「神秘的じゃの」

「あぁ、最初はこの階層の緑全てを地獄の炎で焼き尽くそうとも考えたが、勿体無い気がするな」

ユイ、リョウエン、シノの三人が地下に広がる森を前にそんな感想をこぼす。

一人さりげなく恐ろしいことを口にしていた気もするが。

「地下に広がる森か……」

鉱石の放つ特殊な光も相まって、眼前に広がる森は幻想的な美しさを放っていた。

見るもの全てを魅了するほどの幻想的な森林。

ここまで頑張ったご褒美とすら錯覚してしまうほど。

「敵がいなければどれ程良かったことか」

木々の隙間から姿を現すモンスター。

だが、そのモンスターは今まで出会ったものとは一線を画すものだった。

「何あれ……」

モンスターは、一言で表すなら人型の蟲だった。

しかし、蟲か人かと問われれば、多くが人と答えるような容姿をしている。

人の骸に後から蟲の外郭が纏わりついたような、蟲らしくもあるが虫特有の気持ち悪さのない感じが、また異様さを際立たせている。

目も口も、基本的な形は人と大差ない。

違いは、全て黒目であり、光が宿っていない点と、歯形が尖ったりしているところにある。

後は腕の関節が人より多いところだ。

「むーん、あの姿……さしずめ〝骸蟲《がいちゅう》〟といったところかの」

「おぉ、なかなかセンスがあるじゃないか。いいな、骸蟲。よし、それでいこう」

モンスターを前に、そんな会話をかわすリョウエンとシノ。

シノの中二心を揺さぶる〝骸蟲〟という呼び名。

「骸蟲ね……」

「中二病的かどうかはともかく、的を射た呼び名だな」

人の骸に蟲が取りついたような容姿……。

明らかにこちらに敵意を向ける彼らは、まさに骸蟲と言うに相応しい不気味なモンスターだと言えた。

その後、骸蟲は更に一体、二体と姿を現し、気が付けば俺たちは囲まれてしまっていた。

いつ襲ってくるか分からない状況。

強化魔法をユイとシノ、リョウエンの三人にかけておく。

念のため、今の俺にできる最高の強化魔法を。

その数秒後……一体の骸蟲が、人より一つ多い関節を持つその長い腕をユイへ向かって振り下ろした。

即時に剣を抜き、攻撃を防ぐユイ。

「速い……」

今まで出会ったどのモンスターよりも速く、鋭い一撃だった。

「流石はラスト二階層。そう易々と、攻略はさせてくれないってわけね……」

剣を持つ手に力を込め、その長い腕を押し返す。

そして直ぐ様、追い討ちを加える。

しかし今までとは違い、傷こそ与えられたものの、重傷には一歩届かず。

致命傷を与えるまでには至らなかった。

それどころか、怯むことなく再度攻撃を仕掛けようとする骸蟲。

「ユイ、下がれ！」

シノがそう叫び、それを聞いたユイは全力で後ろへと跳んだ。

「燃え上がれ、ヘルファイア！」

詠唱と同時に、無数の黒い炎の珠が骸蟲目掛け飛来する。

それはその一体に留まらず、周囲にいた骸蟲にも攻撃を加え、その身を焦がす。

「いくら強かろうが、いくら速かろうが、所詮虫は虫だ。その外皮がいくら強固だろうが、我が地獄の炎で燃やせばそれで終わり……虫風情が私の漆黒の炎に勝てるはずがない」

シノの言うように、骸蟲は黒い炎の前には敵わないらしく、燃やし尽くされていた。

一切の悲鳴すら上げずに……。

燃え上がり、命尽きた骸蟲は顔色一つ変えずにその場に倒れ込み、もがくことすらなく灰へと化す。

その姿は不気味そのものだった。

「生きながら死んでいる……とでも言うのか。生き物らしさがまるでない」

その後も、骸蟲は死を恐れることなく、数でこちらへと攻め込んできた。

その度に、黒い炎で骸蟲を燃やすシノ。

リョウエンも負けじと、火属性魔法を駆使し、骸蟲へ攻撃を仕掛ける。

時折、その炎の隙間をくぐり抜け、シノやリョウエンへと襲いかかろうとする骸蟲の腕をユイが切り落とす。

その間、俺は三人のサポートと回復に徹した。

洞窟内のいたる所から現れては、恐れ一つなく特攻してくる骸蟲。

彼らに知恵がないのはかなり大きな救いだと言えるだろう。

はっきり言って彼らは、地上のモンスターほどの知恵や知識すら持ち合わせてはいなかった。

味方以外の動くもの全てが敵であり、それらを駆逐するためだけに行動する。

そこに一切の躊躇《ちゅうちょ》や恐怖はない。

それが彼らをより一層、不気味に見せた。


しばらく戦闘を続けていると、次第に襲撃を仕掛ける骸蟲の数が減ってきた。

「ふぅ、あと少しか?」

「だといいんじゃが……」

それを確認したシノとリョウエンの二人が、そんな言葉をこぼす。

ユイや俺に比べ、魔法を使い続けている二人の疲労は俺たちの比ではないはずだ。

そもそも闇属性魔法ヘルファイアは闇属性にして火を扱う魔法。魔法そのものの難易度も相まってか、魔力消費量はバカにならない。

俺もこの二人には魔力消費量軽減の強化魔法をかけてはいるが、かなり魔力を消費していることは間違いない。

だが、

「残念ながら、これで終わりじゃなさそうだ」

この階層に来てからずっと感じている、他とは比にならないほどの強大な気配。

その持ち主が、こちらへと近づいてくる。

「あれも骸蟲か？」

それを真っ先に目視したシノが言う。

「なんか、今までの骸蟲とは違って人間味が強いわね。下半身を除けば、だけど」

その骸蟲は他とは違い、女の人の上半身に、蜘蛛《くも》の下半身という、骸蟲以上に異質な姿をしていた。

人型の上半身は、瞳が紅く、その周りの白目の部分が黒いことを除けばまんま人で、下半身もその異様な大きさ以外はそのまま蜘蛛と言える。

「これはひょっとして〝アラクネ〟という奴か？」

「アラクネ？」

ユイがリョウエンに問いかける。

「アラクネ……幻蟲とも呼ばれるモンスターじゃ。童も昔の書物で以外目にしたことがない。目撃例もここ百数年はないし、てっきり実在しない架空の存在、あるいは過去に絶滅したモンスターじゃと思っておったが」

アラクネ、俺も聞いたことがないようなモンスターだ。

「流石はダンジョン……骸蟲のみならず、こんなもんまで住み着いとるのか」

リョウエンの頬をツーッと汗が流れ落ちる。

「幻蟲がなんだ、虫には変わらないんだろ？　だったら今まで通り、燃やし尽くせばいい」

傘の先端をそのモンスターに向け、黒い炎を放つシノ。

アラクネはその炎を人間部分の腕で払う。

そんなアラクネを見て、シノがニヤリと笑みを浮かべる。

「無駄だ、その漆黒の炎はそう簡単には消せない」

シノの言葉通り、アラクネの腕で黒い炎が燃え上がり、その腕を焼き尽くそうとする。

しかし、そんな状況でもアラクネは焦ることなく、表情一つ変えずに自身の腕を肩から切り落とした。

「なるほど、冷静な判断だ。だが、そんなことをしていいのか？　片腕で私に勝てるとでも……」

刹那、アラクネの切断した部分から、新たな腕が生えてくる。

平然とした表情で新たに生えた手を閉じたり開いたりして、動作を確認するアラクネ。

「なっ⁉」

シノが珍しく、驚きの声を上げた。

自己再生……それは、恐るべき速度での再生だった。

しかも、驚きはそれだけに留まらない。

アラクネがモゴモゴと何かを詠唱したかと思うと、その下半身は二本の脚へと姿を変え、全身には虫特有の硬い甲殻を纏い、背中からは七色に輝く半透明の羽が現れた。

二翼三対の羽を動かし、浮遊するモンスター。

「アラクネじゃないだと？　しかも、形を変えるモンスター……そんなモンスター、聞いたことがない、なんなんじゃ、こやつは？」

研究者であり、博識なリョウエンでさえ知らないモンスター。

気が付けばそのモンスターは、目で追えないほどの速度でシノの間合いへと入っていた。

「っ、しまっ……」

反応に遅れ、何もできないシノ。

その次の瞬間。

シノの声にならない悲鳴と共に、大量の赤い鮮血が宙に舞った。

「やるな、我が右腕を切り落とそうとするとは……さっきのお返しでもするつもりだったのか？　無表情なくせして、意外と根に持つタイプとはな」

シノの腕を右肩から切り落とそうと、鋭利な腕を振るうモンスターの表情には、微かに驚きが感じられた。

「流石の私も焦ったぞ……」

そう言い、痛みを堪えながら、ニヤリと口角を無理に上げる。

攻撃の瞬間、シノは魔法の鎖を召喚し、その軌道を微かに逸らしていたのだ。

「捕まえたぞ、虫ケラ」

右肩を抉るモンスターの腕を力強くぐっと掴むシノ。

現在、シノは魔法を発動するのに必要な媒介となるものを持っていない。

杖の役割を成していた傘も、テスタのような手袋も、グリストのような特殊な指輪もないこの状況では魔法が発動できないのだ。

生憎、収納魔法のような媒介の必要のない、特殊な魔法もシノは使えない。

捕まえて、何をするつもりなのか。

「なぁ、虫ケラ。攻撃系の魔法を杖なしで使おうとするとどうなると思う？」

その発言を聞き、シノの意図を瞬時に理解する。

「答えはこれだ、しかと受け取れ！」

シノが媒介無しに無理矢理魔法を発動しようと大量の魔力を出力。

それにより魔力暴走が発生し、シノの右腕を巻き込んで魔力が爆発を起こした。

モンスターは爆風により、遠くへと吹き飛ばされる。

「爆発？」

それを見ていたユイが疑問の声をもらす。

「魔力暴走による爆発か……しかもシノの奴、魔力の流れを調整し、爆風を制御しとる」

リョウエンも俺もシノの器用さには何度も感心させられる。

「だが、それでも無事じゃないだろ」

「上手く調整はしとるようじゃが、無傷ではあるまい」

ボロボロとなった右腕を押さえ、後ろへと飛び退くシノ。

「フレアバレット！」

詠唱と同時に、いくつもの火球がモンスターへと放たれる。

こんなものでは、あのモンスターにはなんのダメージも与えられないだろうが、強化魔法でかなり効果を高めているし、時間稼ぎとヘイトをシノから逸らすぐらいの効果はあるはずだ。

「大丈夫か？」

すぐさま駆け寄り、声をかける。

「あぁ、このくらいなんてことない……」

とは言いつつも、かなり痛々しい腕を苦しそうな表情で押さえる。

「おい、ちょっと腕を見せてくれ」

「えっ、あぁ……」

魔力の消費量を気にするより、シノの腕を完全に回復させる方が効果的と判断。

魔力は多く消費するが、効果の高い回復魔法をかける。

魔法を発動すると瞬時に、シノの右腕は回復した。

「回復……しかも一瞬で」

「ま、その分魔力を消費してしまったがな」

ただの回復魔法に強化魔法を何重にもかけることで、無理矢理聖女なみの回復魔法へと昇華し、発動する……この上なく効率の悪い回復魔法。

「痛みはまだあるか？」

俺の言葉を聞き、シノは回復した腕を軽く動かし、痛みがないか確認する。

「な、何で回復してくれたんだ？」

「なんでって言われてもな、当たり前のことをしたまでなんだが」

仲間の痛々しい傷なんて見ていられないし、何よりまだあの敵の他に更に一階層ある。

ここでシノが戦線離脱すれば、それだけで攻略できる可能性はぐっと下がってしまうだろう。

そう言った意味で、俺はわりと普通の回答をしたつもりだったのだが。

「どうかしたのか？」

何処か落ち着きのない様子のシノにそう尋ねる。

「いや、何でもない」

「そうか？　ならいいが……」

「そうだ、今は目の前の敵に集中せねば」

シノはそう言うと傘を拾い上げ、モンスターのいる方へと向いた。

「来るぞ」

「あ、あぁ……」

しゃがんでいた俺も立ち上がり、モンスターのいる方へと視線を向けた。

「さて、私の炎も効かないようだが、どうしたものか……」

魔法で遠距離攻撃をしても、即座に追い討ちを仕掛けなければ再生されてしまう。

だから一撃で勝負を決めることができればそれが最も良いのだが、あの速度に、魔力暴走による爆発を喰らって尚砕けていない強固な甲殻の鎧。

動き続ける奴に特大の一撃を決めようとするのは困難だろう。

「ねぇ、私がメインで攻めてもいいかしら？」

「ユイがか？」

「えぇ。あの速度ならなんとか対応できるし、ロイドの強化魔法があれば、互角に戦えると思うの」

まぁ、ユイの言うように近接戦闘という案には一理ある。

遮蔽物が多いこの空間で、あの速度で動き回る人型のモンスターに、魔法攻撃を当てるのはなかなか難しいだろう。

ならばこちらも遮蔽物を利用し、小回りの利いた戦術で攻める。

それにはあのモンスターと同等か、それを上回る速度とパワーが必須だが……。

「シノの使ってる魔法の鎖って、本来は相手の体力と魔力を吸い取る魔法でしょ？」

「一般的にはそう使われているな」

「シノにはそう言った魔法を駆使してサポートに回ってもらいたいんだけど、いいかしら？」

「この私が、サポートだと？」

やはり、不服そうな反応を見せるシノ。

「や、やっぱり嫌かしら？」

ユイもこの反応は想定済みだった。

シノなら当然の反応だな。

「でもね、もとはと言えば貴方が……」

「いや、やろう」

「「えっ？」」

この反応にはユイのみならず、俺もリョウエンも驚きの声を上げた。

「意外じゃな。おぬしがサポートを素直に引き受けるとは」

「私も、一人で突っ走るイメージしかなかったけど……」

その言葉を聞き、シノは首を横に振る。

「ロイドを見ていて思ったんだ」

「思ったって、何を？」

「陰の立役者……実に素晴らしいポジションだとは思わないか？」

「……まぁ、分からなくもないが」

要は謙虚ながらも、できる人間ってカッコいい！　と言いたいのだろう。

「あえて目立たず、一見すると何処にでもいる一般人。しかし、いなくては困る……期待値が低いがその分、活躍した時の驚きも大きい」

「な、何か語り始めたけど……」

熱弁を振るい始めたシノに、ユイが戸惑う。

「とりあえず、サポートしてくれるってことでいいのよね？」

「無論だ。いつでもいいぞ」

傘を片手に構えるシノ。

「童は何をすればいい？」

「拘束系……もしくはデバフって使える？」

「デバフは無理だが、動きを拘束する魔法はたくさんあるぞ」

「それじゃ、それをお願い」

「タイミングは？」

「成り行きで合図するわ」

「了解した」

リョウエンも杖を構え、モンスターと対峙する。

「ロイドは言わなくても……」

「あぁ、分かってる」

俺はいつも通りのことをするだけだ。

三人に三者三様の強化魔法をかける。

「あ、そうだ！」

「ん？」

ユイが唐突にこちらを振り返る。

「剣には何も魔法をかけないで、反発しちゃうかもしれないから」

「……了解した」

何をするつもりかは知らないが、これがユイの言う新たに得た技術の一つに関係するのだろう。

「それじゃ、行くわよ！」

強化魔法もあってか、今まで以上の速度で駆けだすユイ。

瞬時にモンスターとの間合いを詰め、剣を振るう。

「…………」

それを相変わらずの無表情で、受け止めようと右手を動かすモンスター。

しかし、何かを察したのか、すんでの所で空中へと飛び立つ。

これでは剣は届かない。

空を切るユイの剣。

刹那、剣の刀身から鋭い斬撃が飛び、モンスターの元へと飛来した。

周囲の木々を切り裂き、甲殻の鎧すらも砕く斬撃。

「これは……」

途中までの過程は魔法を使うそれと同じだが、ユイの場合は剣に魔力を流し込んだ段階で、それを剣の型に合わせ放出している。

もし、これを鈍器で行えば、斬撃にはならないだろう。

武器の型に合わせた魔力を飛ばす。

支援職の俺にはない発想。

「魔力を暴走させず、武器に乗せて外部に放つ技術……やはり、教えたのはリリィか」

ぽつりと小声で何かを呟くリョウエン。

何を言ったのか尋ねようとするが、そんな間もなく、モンスターが次の行動を始めた。

それに合わせユイも、負けず劣らずの速度で動く。

ギリギリ目で追えるか追えないかの速度で行われる戦闘。

モンスターの硬い甲殻と刀身が幾度となく衝突し、鋭い金属音のような音が、洞窟内に響き渡る。


分かりにくいが、モンスターの表情にも焦りが見えた。


モンスターにとって、ここまでの苦戦は初めてなのかもしれない。

モンスターの硬く、鋭い甲殻と、ユイの振るう剣が幾度となく交差し、火花を散らす。

厄介なのは、四肢全てが剣と同等の硬度と鋭さを持っており、それらを巧みに使い、さらには空中戦へと持ち込まれること。

だが、ユイもそれは承知している。

「虫型のモンスターとの戦闘は、嫌って程経験したばかりなんだから！」

収納魔法から短剣を取り出し、素早く投げつける。

それをかわそうとした隙をユイは見逃すことなく、跳躍し追い討ちを仕掛ける。

このまま続けば、持久戦に有利な方が勝つ。

その際、ユイの方が負ける可能性が高い。

あのモンスターの方が、素の能力が高いからだ。

しかも、数日にわたるダンジョン攻略での疲労もある上、モンスターは自己再生の能力を持っている。

だから、ユイは初めから持久戦をするつもりはなかった。

「今よ！」

ユイの合図を聞き、シノとリョウエンが杖を構え、魔法を唱える。

そして詠唱を終えた瞬間……モンスターを囲うように濃紫色と黄色の魔法陣が幾つも展開された。


——濃紫色の魔法陣からは魔法の鎖が。

——黄色の魔法陣からは稲妻の槍が。


飛び出したそれぞれの魔法が、モンスターの身体を貫く。

魔法の鎖と稲妻の槍で身動きを封じられた上、常に体力と魔力を吸収され続ける。

しかも稲妻の槍が刺さっている間、身体が痺れた状態が続く。

「そんなものが十数本も刺さっとるんじゃ。さぞ辛かろう」

痙攣するモンスターを眺めながらリョウエンが呟く。

これでモンスターの動きは封じた。

後は、ユイが攻撃をたたみかけるだけ。

神速のごときスピードで、何度も斬りつけ、確実にダメージを与え続ける。

そして、

「これで終わりよ！」

最後に、渾身の一撃を叩き込む。

人型だからだろうか。

モンスターからは、赤黒い血が噴き出す。

「う、嘘でしょ……」

それでも尚、そのモンスターにボロボロとなりながらも、立ち上がろうとしていた。

再生も少しずつではあるが、始まっている。

「なら、もう一回……」

再度、剣を振るおうと構える。

「いや、その必要はない」

「でも起き上がったら面倒じゃない？」

「再生の速度を見る限り、魔力を消費するのだろう。なら、このまま鎖に繋いでおけばいい。魔力が尽きれば再生もできないしな」

シノはそう言い、更に魔法を発動させた。

鎖の数を増やしたのだ。

「これならもう動けまい」

「二度と出会えないかもしれない貴重な研究材料……可能ならば王国まで持って帰りたいが」

「一応、連れて帰るか？」

シノが俺とユイに提案する。

「危険じゃないのか？」

「こうしている限りは動けないだろうし、再生もできない。一度持ち帰ってみて、無理そうになれば処分でもいいいんじゃないか？」

「うーん……」

先程からリョウエンが、持ち帰りたいと言わんばかりに目を輝かせながら、俺とユイを見つめている。

「攻略できる算段がついたら、その時考えよう」

「そうね。まだ、攻略できると決まったわけじゃないしね」

「う、うむ……そうじゃな」

このモンスターの処遇は後で決めるとして、残りあと一層。

「簡単に攻略できればいいんだが……」

◇

数日前……。

「うーん、それじゃまずは……」

リリスが身の丈ほどある剣を収納魔法で取り出し、ブンブンと振り回している。

空を切っているだけだが、もしあれに当たれば一溜りもないだろう。

文字通り、一刀両断されてしまう。

「流石にアレは難しすぎるだろうし、適性があるのが前提になるし……センスはあるみたいだし、使えたら聖騎士長に並べるんだけど」

「聖騎士長と知り合いなの？」

驚きのあまり、思ったことをそのまま口に出してしまうユイ。

一瞬、返答に戸惑ったリリスだが、

「えーと、まぁ、そんな感じかな。昔の話だけどね」

と、あいまいな返事でその場をやり過ごす。

やっぱり凄い人なんだと、再認識させられる。

聖騎士国一の戦士、聖騎士長と知り合い。

「ひょっとして、同じ騎士学校を卒業してる……とか？」

「あまり、詮索はしないで欲しいんだけど……まぁ、そんな感じかな」

騎士学校と言えば、剣の才だけでなく、それなりの金も必要なため、その両方を備えた子供でないと通えない。

中には、全額免除を受けるような学生もいるらしいが、そのケースはかなり稀だ。

しかも、聖騎士長が通っていた騎士学校は、かなりレベルの高い学校だったはず。

「そんな人から教えを受けられるなんて」

「まぁ、中退してるけどね。つまらなかったし、ちょっと面白い話を持ちかけられて。でも、それなりに教えられることはあると思う」

そう言うとリリスは、剣を崖下にいるモンスターへと振るった。

何をしようとしているのか理解できず、ただ立ち尽くすユイ。

当然、投げでもしない限り、攻撃の届く範囲ではない。

投げたとしても、致命傷にはならないだろう。

だが、リリスが剣を振るった瞬間。

刀身から、鋭い魔力の斬撃が放たれ、剣を振るった先にいたモンスターの身体を綺麗に真っ二つに両断した。

虫型のモンスターからは、気持ち悪い体液が噴き出ている。

まだ、周囲のモンスターもあたりを見渡し敵を探しているようだが、ユイのいる場所からモンスターの間にはそれなりに距離がある。

そのため、見つけることができずにいた。

「なに、これ……」

「魔力を刀身に纏わせ、飛ばす。慣れればなんてことない、剣士ならではの遠距離攻撃だ」

「遠距離攻撃……」

確かにこれなら、剣士が最も苦手とする遠距離からの攻撃にも、対応し、反撃することがで
きる。

剣士に必須と言われても、納得できる技術。

しかし、ユイは一度もこの技術を見たことはおろか、聞いたことすらなかった。

「魔力を飛ばす……」

「難しく見えるかも知れないけど、慣れれば本当に簡単だから。それに……」

リリスが剣を構え、大きく深呼吸する。

そして剣を大きく振り上げ、思い切り振り下ろす。

刹那……刀身からは巨大な魔力の斬撃が放たれ、地面を深く抉りながら、モンスターや木々

を薙ぎ倒していく。

「魔法に劣らないほどの広範囲攻撃もできる」

リリスがそう言い、見つめる先には真っ二つに割れた大地があった。

「凄い……」

「まぁ、ここまでするにはセンスと時間が必要になるだろうけど。魔力を飛ばす技術くらいなら、すぐに身に付くと思う」

ここに来て、また一つ、
ユイの中の常識が崩れた。

剣士は遠距離攻撃には弱い。

遠距離から攻撃してくるモンスターの前では防ぐことで精一杯である。

「でも、これなら」

そもそも、パーティーという仕組みがあるのは、各々に欠点があるからだ。

自身の欠点を他者の利点でカバーし、他者の欠点を自身の利点でカバーする。

しかしこの、目の前の剣士の前でそれは通用しない。

近接から遠距離、更には回復魔法まで。

たった一人でその全てを兼ね備えている。

この常識をいとも簡単に覆される感覚はまるで……。

「ロイドを見てるみたい……」

これをものにすれば、もっと高いレベルに到達できる。

ユイはそう思い、剣の柄をぐっと握りしめた。

——絶対に、ものにしてみせる！——

第六話　ダンジョンを創りしもの

「これって……」

ダンジョン七十階層。

そこには俺たちの予想の斜め上をゆく光景が広がっていた。

最終層。今までの流れなら、先程のモンスターをしのぐほどの化け物が待ち構えていると予想していたのだが。

そもそも、生きているモンスターすらいなかった。

中心には一基の不格好な墓石があり、それを護るかのように五つの頭のついたドラゴンの骸骨が転がっている。

「まさか、動いたりはしないわよね？」

「その可能性はない」

そう断言したのはシノだった。

「ユイの思い浮かべた魔法でも、せいぜい死後数年まで。ここまで劣化した骸では動かした時点で崩壊するだろう」

　死霊魔法の類いか。

　確かに、ここまで劣化してしまっていると、脆すぎて壊れるだろう。

「それ以前に、こんな所に人はいないだろうけどな」

「なぁ、童コレ欲しいんじゃが……」

　リョウエンが巨大な骸を興味深そうに眺め、許可を求めてくる。

「自己責任でどうぞ」

「いや、流石にこの大きさは無理なのじゃ」

「持って帰れと？」

「頼めるか？」

　罰が当たりそうなんだが。

　キラキラと目を輝かせ、こちらを見つめる。

「はぁ……」

　仕方ない。

　収納魔法で巨大な骸を異空間へと収納する。

「凄い収納量じゃな」

「そうでもないさ。こんなんじゃ、師匠にすら及ばない」

「それは当然じゃ！」

褒めたいのか、褒めたくないのか、どっちなんだろうか。

勝手に上げられ、落とされた気分だ。

「ねぇ、これって……」

一人落ち込んでいると、何かを発見したユイが声を上げた。

「これは興味深いな」

そこには台座があり、身の丈ほどある一本の杖と日記が納められていた。

杖の先端には、人の頭くらいの大きさをした球体の水晶がはめられており、細かい部分まで手の込んだ装飾が施されている。

性能の面で見れば、その多くは無駄な気もするが……。

「これがアイテム……」

近くで魔杖を見ていたユイがごくりと唾を呑む。

「約束だからな。私は受け取らないが……」

「誰が取ろうとどのみち、一度王国には渡さねばならない。誰でもいいから持って帰るぞ」

「ええ、そうね」

ユイがその魔杖へと手を伸ばし、掴もうとした。

しかし、その瞬間。

魔杖にパチッと紫色の稲妻が走り、ユイの手は弾かれた。

「痛った……なんなの⁉」

その反応はまるで、魔杖がユイを拒絶したかのようだった。

「ほう、面白い……」

その様子を見たシノが、魔杖を掴もうと試みるも同じように弾かれてしまう。

「聖剣と同じ類いか……」

「そうなのか？」

「強いて言えば、聖剣よりたちが悪いかもしれんな」

資質を持たぬものは、扱うことすら許されないと言うアレか……。

「テスタを連れてくるか？」

「まぁ、物は試しにロイド。おぬしも触れてみてはどうじゃ？」

それで持ち帰れたら、テスタたちを呼びに行く手間が省けるのだが。

おそらく無理だろう、と。

そうたかをくくりながらも魔杖に手を伸ばした。

目を瞑り痛みを覚悟する。

しかし、一切の痛みを感じることなく、俺の手は杖に触れていた。

恐る恐る、その杖を掴む。

「あれ……掴めた」

それもあっさりと。

自分が掴めたことに驚き、硬直していると、突如魔法陣が俺を囲うように出現した。

「ロイド！」

背後からは、俺の名前を叫ぶユイの声が聞こえる。

「……不味い」

一瞬、俺は自らの死すら覚悟し、目を瞑った。

しかし、

「消えた……」

魔法陣は俺に危害を加えることなく消滅した。

「な、なんだったんだ？」

未だ、何が起こったのか状況の整理がつかない。

確かなのは、俺が今もこうして魔杖を掴めていると言うこと。

「日記も持って帰るか」

日記を手に取り、俺は恐る恐る台座から離れる。

そしてある程度距離を取った後で、日記を開いた。

それをユイとリョウエン、シノが覗き込む。

「どれどれ……」
日記を開くと、初めのページにはこの魔杖の起源について記されていた。

『――研究と試行錯誤を重ね五十年……

私はついに魔力を溜め込み、魔法を保存する魔杖の開発に成功した。
その他にも様々な機能を詰め込んだ魔杖。
私はこれを〝魔杖アスタルテ〟と名付けた。
完成までは長い道程だった。
部下も私の元を去りここ三十年、私は一人ぼっちだった。
それでもあきらめなかったのは、これが世の中を平和へと導くと考えたからだ。
早速、私は完成した魔杖を国へと献上し、勲章を受け取った。
勲章は自室の棚の、一番目立つ場所に飾った。
とにかく美しかった。
大陸の平和に貢献し、その後私は何一つ不自由のない余生を送る……はずだった。

しかし、

魔杖は初代持ち主の手元を離れたあたりから、狂い始めた。

魔力を瞬時に吸収し、使用するものをことごとく死へと追い込んだのだ。

更に魔杖は、次第に持ち主を選ぶようになっていった。

制御が不可能となり、暴走まで始める始末……ということになっている。

もちろん、それは私のせいではない。

断じて違う。

確かに、手当たり次第にいろんな機能を追加したし、魔力貯蓄機能も可能な限り貯蓄量を高めた。

そのせいか、魔力コントロールできない人は、すっからかんになるまで魔力を吸収されてしまうという欠陥を抱えていたし……でも、それを言うと誰も使わないから、隠蔽もしたけど……。

私は悪くない。

たかが武器職人である私ですら魔力ぐらいコントロールできる。

扱えない奴が悪いのだ。

結果、私はその罪に問われることとなり、魔杖と共に、森の下にある巨大な洞窟へと監禁されることとなった。』

『洞窟に放り込まれると、そこには先客がいた。

首が五本ある小さな龍だ。

今でも鮮明に思い出せる。あの時感じた恐怖を。

私はこの龍に喰い殺される。そのためにここへと連れてこられたのだろうと。

私は思った。

また、こうも思った。

連行される前、家にあった失敗作「対モンスター用持続型音響弾」を、真夜中に鳴るようセットしておいてよかったと。

暴言に留まらず、私に生卵や石を投げつけたことを後悔するがいい。』

その後も長々と綴られる日記。

龍と仲良くなったことや、次第に魔杖の影響で下へ下へと洞窟が沈んでいったこと。

この日記に綴られている限りでは、十階層ほどと書かれている。

途中は読み飛ばし、最後のページを捲った。

『この日記を読んでくれた人へ。

もし、この日記を手に取った者が、この魔杖を扱えることができたのなら。

私から一つだけ、お願いがある。

人のために使えなどと、烏滸がましいことは言わない。

正しく使えとは言わない。

正しさは人それぞれであり、人の数だけ正義があるだろう。
だから、私の願いは一つ。
――この魔杖を死ぬほどこき使ってくれ。
そして体感してほしい。
つぎ込んだ私の才能たちを。

追伸
なんか、魔杖から時折、声が聞こえるけど気のせいだよね
まさか、魔力と一緒に、変なの取り込んでないよね』
日記の最後にはそう綴られていた。
「な、なるほど……とにかく、アイテムがダンジョンを作ったたっていう諸説は正しかったたってことだ。だからアイテムを……心臓を失ったダンジョンは死ぬ。すなわち崩壊すると言うわけだな」
最後の一行は見なかったことにしようと、全員がその一行から目をそらす。
さてと。
他にも興味をそそられる内容が多く記載されており、続きを読みたいのは山々だが。

「続きは王都に帰ってからだな」

今頃、ダッガスたちはまだモンスターと戦っているのだろう。

「早く、報告しないとね」

「じゃが、どうやって脱出する？」

ここは地下奥深く。

しかも上の層は既に崩壊しており、出口は塞がっている。

当初シノは、もう一度大きな風穴を開けるつもりだったそうだ。

破壊力に特化した魔法を使用し、地上までの出口を無理矢理作る。

テスタやシリカの力も借りれば、不可能ではないだろう。

十階層あたりからなら、可能性はある。

だが、そんなことをする必要は微塵もない。

「ここから簡単に脱出する方法がある」

「へぇ、流石はロイド。やるじゃない！」

「いや……俺は何もしていない」

右手に持つ魔杖を構える。

この魔杖を掴んだ瞬間、俺の脳内にこの魔杖に保存されている魔法の情報が流れ込んできた。

この魔杖に保存されている、唯一の魔法。

「この魔杖に魔法を保存するって言うのがあっただろ？　今、この魔杖には一つだけ魔法が保存されていてな。それが脱出用に作られた魔法だ」

設定されている二点間限定の転移魔法。

使用回数は一度きり。

これを使えば、この魔杖に溜め込まれた魔力のほとんどが失われることになる。

もったいない気もするが、転移先は指定されているようだし、

「今から皆を探しに行こう。そして見つかり次第、魔法を発動する」

俺の言葉に三人は無言で頷いた。

テスタたちを見つけ出し、脱出する。

この調子ならば、あの捕らえたモンスターもお持ち帰りできる。

だが、その前に……。

「なぁ、リョウエン」

「あぁ……分かっとる。あの骸はここに置いていこう」

巨大な龍の骸骨を取り出し、それを最初にあった場所へと戻す。

「魔杖の創作者が死して尚、ここを護っていたんだろうな」

「あぁ、今思えばあの不格好な墓石もこやつがまだ、ここまで大きくなかった頃に作ったのじゃろうな」

「酷い日記だったが、悪い人ではなかったんだろう」

「かもしれんな……」

巨大な骸と不格好な墓石を見つめ、俺は黙祷を捧げ、その場を去った。

◇

「もう、そう長くは無さそうだな」

老人は洞窟の底で一人、日記を綴りながらそう呟いた。

いや、正確には一人と一匹なのだが。

その傍らには、老人より少し小さいドラゴンがいた。

「まったく、お前も私なんかに構ってないで、さっさと地上に出ればいいものを」

ドラゴンの頭を撫でながら、呆れた顔で言う。

「さて、最後にこの魔杖についてでも綴っておくか」

そう言い、老人はドラゴンとは反対の傍らに転がる自身の最高かつ最低の傑作である魔杖へと目を向けた。

「こいつが予定どおりに活躍すれば、今頃私はウハウハの超金持ちだったのに」

結果、出来上がったのは制作者ですら手を焼くような傑作だった。

「はぁ、やっぱり名誉欲しいなぁ。こんなに頑張ったんだもん。名誉くらいいいじゃん。やっぱ称えられたいじゃん。あわよくば奉られたいじゃん？」

理想とは程遠く、納得のいかない現実に腹をたてる老人。

そんな老人にドラゴンは呆れたと言わんばかりの視線を向けていた。

「くそっ、こうなったら日記に……」

最後の一行に、老人は些細な願いと称し「私の名前を広めて名誉を」と綴ろうとした。

しかし、
それを見ていたドラゴンが老人の後頭部を勢いよく殴り付けた。

いや、ドラゴンとしては軽い小突きくらいだったのだが、それは人間……それも年老いた相手には、なかなかデカい一撃だった。

「おい、何をする！　いいじゃん、些細な願いくらい！」

「ガウッ！」

老人の悲痛な嘆きに対して短く声を上げるドラゴン。

「何だって？　そう言うのはあえて言わないからカッコいいって？　そんなのは分かっとるわ！　私だってね、最初はそのつもりで……」

しかし、老人はその言葉を言いきるより前に、咳をしながら吐血してしまう。

「ガウッ？」

「心配するな。これは私の持病のせいだ。お前の小突きが原因じゃない」

口元を押さえながら、苦しそうにそう答える老人。

「あぁ、これで最後か……」

意識がゆっくりと遠退いていくのが分かった。

老人の身体がふらりと揺れ、数秒後地面に横に倒れてしまう。

「なるほど……」

そんな老人の瞳が最後に映したのは、魔杖から漂う怨霊らの姿だった。

「夜な夜な五月蠅いと思っておったが、あれは幻聴ではなかったのか……最後に、謎が、解け……」

そしてその数秒後に、
老人は洞窟の底で、静かに息を引き取った。

それが引き金となったか、はたまた偶然かは不明だが……。

刹那、洞窟内に物凄い魔力が走る。

洞窟が音をたてながら変形していく。

その魔力は魔杖から出ているものだった。

また、この魔杖の使用を試み、死んでいった者たちの残留思念が魔力と共に、魔杖から外界へと流れ出た。

それは森に住み着いていた虫系のモンスターへと纏わりつき、徐々にその身体を蝕んでいく。

そして生まれたのが後の〝骸蟲〟だった。

更にその数十年後。
そのドラゴンが老人の墓の近くで力尽きた時、
その強大な魔力の影響を受け、上層の森に蟲の女王が誕生したのであった。

◇

大方のモンスターを片付けたからか、または〝魔杖アスタルテ〟を手にいれたからか。

どちらのお陰かは分からないが、探知魔法でダンジョン内の状況を鮮明に把握できるようになった。

今なら、ダッガスたちの位置も、そこまでの道もはっきりと分かる。

途中、未だ鎖に縛られ、ぐったりとする女型のモンスターを回収し、ダッガスたちのもとへと走った。

しばらく走ると、ダッガスたちがモンスターと戦闘しているのが目に映る。

「ダッガス！　それにクロスとシリカ！」

三人の無事を確認したユイは駆け出し、即座に周囲のモンスターを一掃し、その勢いのままシリカへと飛び付く。

「ユイ、お、重い……」

口では苦しそうにそう言いつつも、生きて再会できたことに喜びを隠しきれず、嬉しそうに笑うシリカ。

ダッガスもクロスも自分たちより元気そうなユイの姿を見て、ほっと安堵する。

そんな中、

「な、なんだ、今の動きは。速い……聖騎士団長並みの速度だったぞ」

テスタは先程ユイの見せた身のこなしに、驚き、釘付けになっていた。

聖騎士団長の速度には敵わないが、他の剣士では追いつくことすら難しいであろうほどの俊足。

「王国のSランク冒険者にこれほどの人材が……」

感心のあまり、本来の目的を一瞬、忘れてしまうほどだった。

「そういえば、こいつらのパーティーメンバーも強かったな」

事実、ダッガスら三人がいなければ、こうしてここまで無事に来ることは不可能だった。

「悔しいが、俺の部下より強い……」

しかし、この程度で動揺しては勇者の名が廃る。

一瞬で思考を切り替え、ユイへと話しかける。

「おい」

「ん？　何かしら？」

「この層もそうだが、モンスターがどんどん強くなってきている。不本意ではあるが、ここは協力を……」

言葉通り、テスタにとっては不本意ではあるが、手段を選んではいられないと考えた上での提案なのだろう。

今まで、軽視してきた冒険者に助力を乞うことは、テスタからすれば泥水を啜るような覚悟だったのかもしれない。

だが、そんな覚悟はユイの一言で、跡形も残らないほどに打ち砕かれた。

「あ、ダンジョンだけど、もう私たちだけでクリアしたから」

「「へぇ？」」

これには流石に他の冒険者も驚きの声を上げ、口をぽかんと開けていた。

「そ、そんなのあり得ない！　勇者でもないのに、たった四人で……」

「でもほら」

そう言い、ユイは俺の手にある魔杖アスタルテと鎖に繋がれぐったりとする人型のモンスターを指差した。

「なっ……」

「もうさ、本当にめちゃくちゃ強かったんだからね。もし、ロイドとシノ、それにリョウエンの誰か一人でも欠けていたら絶対に倒せなかったわ」

自慢げに感想を述べるユイを前にして、ただ無気力な表情で、遠くを見つめるテスタ。

「嘘だ。俺が引けを取るなんて……」

テスタがギロリと俺を睨む。

「おい、それを貸せ」

本物かどうかを確認する、と言い、俺の手から奪おうとする。

信じたくなかった。

いや、何より聖剣と同等のアイテムを、Dランク冒険者に預けておくのが嫌だった。

選ばれし、勇者たる自分こそ、このアイテムを持つにふさわしい。

そう思い、俺の手から奪おうと試みる。

しかし、魔杖は勇者であるテスタすらをも拒絶した。

「い、稲妻⁉」

触れるものだと確信していたからか、そのショックは大きかった。

特に、選ばれない、という現実が、精神的なダメージをテスタへと与える。

「それ、ロイド以外は触れないのよね」

ユイが遅れて、そう説明を加える。

「まさか、勇者でも触ることすらできないなんてね」

テスタの目には光が宿っておらず、かなり落ち込んでいる様子だ。

「この俺が、Dランク冒険者に劣るというのか？」

今尚、何やらぼそぼそと言っているが……。

悲嘆に暮れるのは後だ。

「ユイ、そろそろ脱出するぞ」

「そうね。もう、ここに残る理由もないし」

その後、下で起こった出来事を簡単に説明し、脱出について伝えた。

「使えるのは一度きり。それに、脱出と同時にダンジョンは崩壊を始めるから、急いで遠くへ避難してくれ」

生き残った全員が頷いたのを確認し、魔法を発動した。

足元に、巨大な魔法陣が展開され、眩い光が全員の身体を飲み込んでいく。

「これも、童の知らん魔法じゃ……まったく、ダンジョンは新たな発見の連続じゃな」

その後、眩い光が消滅したことを感じとり、ゆっくりと瞼を開けると、そこには見慣れた風景が広がっていた。

ダンジョンにあった森林とは違い、よく見慣れたどこにでもあるありふれた森林だ。

見上げると、青い空が広がっている。

何日ぶりかの日光が肌に沁みた。

「本当に攻略したのね……」

しかし、安心するのはまだ早い。

足元から、地響きが聞こえる。

「さっさとここから逃げるぞ」

それから、俺たちは王都のある方角へと全力で疾走した。

第七話

白魔導師の杖、勇者の聖剣

脱兎のごとく逃げ、そのまま王城へと戻ると、大勢の騎士に迎えられた。

「随分と早い帰還ですね。流石は、選りすぐりの冒険者と勇者様方」

騎士団長エルザリオがいつもと変わらない、どこぞの腹黒貴族を連想させる爽やかながらも読めない笑みを浮かべ、そう述べる。

「何故、今日帰還すると分かった？」

「森で大規模な崩落があったとの報告があったので。そろそろかなぁと。こうして待っていました」

その後、すぐに攻略組の人数が半分ほどに減っていることに気がつくも、あえてそこについて言及することはなかった。

悲しい現実から目を背けたわけではない。

俺たちを気遣ってのことだろう。

それから俺たちは用意された部屋で休憩したのち、王城の玉座の間へと招待された。

玉座に座る国王、グレハドール＝バジレウスの横には、クレアの姿がある。

何故か、その間に警戒状態のセリオンを挟んでいるが……。

セリオンは例え相手が国王であれ信用はしていない、ということがよく分かる。

「まず初めに。この度は唐突の依頼にもかかわらず、依頼を引き受け、ダンジョン攻略を成したこと……誠に感謝する」

そう言うとバジレウスは立ち上がり、数歩前へと踏み出した。

「それに謝らなければなるまい。皇女護衛もあり、戦力も多くは回せず、そのせいで犠牲を出すことになってしまった。これは最終的に承認し、判断を下した私に非がある。本当に、すまなかった」

深く頭を下げるバジレウス国王。

クレアも遅れて立ち上がり、同様に深く頭を下げた。

「ところで……」

「ん？」

バジレウスが俺の横にいるシノの連れているモンスターへと視線を向けた。

「その鎖で縛られとる女？　いや、人型のモンスターか？　とりあえず、それについて説明が欲しいのだが……」

この魔杖やダンジョン攻略より、このモンスターが気になってならないと言いたげな表情で、バジレウスはモンスターを見つめていた。

まぁ、そうなるよな。

クレアもセリオンも、俺たちがこの間に入ってからずっとそのモンスターを凝視していたし、ここに来るまでもすれ違う人たち全員、このモンスターをじーっと見つめていた。

中には、仕事を放棄し、逃げ出すメイドまでいたほどだ。

戦闘を生業とする騎士ですら、若干後退りする、オーラを漂わせる人型のモンスター。

説明を求められて当然だろう。

「これはダンジョンにいたモンスターなんだが、珍しいのでな。こうして持って帰って来たのじゃ」

「ほう……それで？　王城に入れたのは……」

「シノの魔法で縛っておかないと暴れだす。だから連れてきた次第じゃ」

騎士団長のエルザリオも、最初はこのモンスターを王城に入れることには反対し、止めようとしていた。

だが、リョウエンが「ここでこやつを離すとどうなるかのぉ」と言い、無理矢理連れ込んだのだ。

こんなモンスターを長時間拘束できる魔導師は、魔導師団にもいないらしい。

と言うわけで連れ込んだのだが、勿論まったく考え無しに連れてきたということではない。

「それにここなら、この広間だけでも勇者が二人もおるし、建物の作り自体も頑丈じゃ。逃げだしたとて、まぁなんとかなるじゃろう」

これには、その場にいた多くの者が困惑している様子だった。

ここまで一緒に来た冒険者やテスタの部下ですら、未だ困惑しているのだから、当然の反応だろう。

だが、リョウエンが言うことも分からなくはなかった。

下手に王都で暴れられるより、ここの方が地形的にも戦力的にも良いという意見自体は間違ってはいない。

そもそも、王都内に持ち込んだことが間違いとも思えるが。

「地上の森に放つわけにもいかないしな」

こうして目の届く場所に置いておくが、最も安全だろう。

そんなことを考えながら、リョウエンとバジレウスの会話を聞いていると、突然クレアがこちらへと向かい、歩き出した。

「おい！」

それにいち早く気が付いたセリオンがクレアの腕を掴む。

「何をするつもりだ？」

「少し、あの女の方とお話を……」

モンスターを先に見据えながらきっぱりとそう答え、セリオンの手を優しく退かすクレア。

「はぁ……しゃあねぇな」

そんなクレアを表情見て意図を察したのか、セリオンは不機嫌そうに冷気を放ちながらもクレアの後をぴったりとついて歩いた。

「ありがとね、セリオン」

「別に、俺もそいつに興味があるだけだ。てめぇのためじゃねぇ」

クレアがそんなセリオンを横目にくすりと笑う。

そしてモンスターの前につくと、片膝を床へとつけ、その顔にそっと触れて見せた。

その時だ。

クレアの手から淡く、優しい輝きを放つ魔法陣が出現した。

「えっ……」

故意に魔法を発動したわけではないらしく、俺たち同様に、クレアも驚いた表情をしていた。

「クレア！」

慌ててセリオンがクレアをモンスターから離そうとするも、伸ばした手は見えない壁に阻まれる。

「くそっ……どうなってやがんだ!?」

それでも必死に手を伸ばすセリオン。

それからどれほどの時間が経ったか。

魔法陣が消えると同時に、セリオンを阻んでいた壁も消失したらしく、無理矢理クレアとモンスターとの距離を離す。

「クレア！　大丈夫か？」

「はい、私は……」

クレアが離れたのを確認するや否や、瞬時に護衛の騎士たちがモンスターへと槍を向けた。

モンスターの頬を槍の先端が掠める。

「この野郎……皇女を！」

槍でモンスターを串刺しにしようと、騎士が槍を持つ手に力を込めた。

「ま、待ってください！」

それを見たクレアが、騎士を止めようと必死の表情で叫ぶ。

だが焦りのあまり、聞こえていないのか、止まらない騎士。

槍の先端がモンスターの首を貫こうとした……

刹那、騎士は氷漬けとなり、部屋全体に冷たい風が走った。

「おい。クレアが止まれって言ってんだろうが」

セリオンが怒りに満ちた表情で氷付けになった騎士を蹴り倒す。

「あ、ありがとう……でも、騎士の方も、無視したんじゃなくて、混乱してたのもあるだろうから、乱暴にはしないであげて。ね？」

「ちっ……」

相変わらず不機嫌そうな表情ではあるが、クレアの忠告に従い、セリオンは氷漬けとなった騎士から足を退けた。

「あの、シノさん……ですよね。この鎖を外してもらえませんか？」

「死にたいのか？」

ギロりと、冷たく鋭い目でクレア睨み付ける。

「いえ、死ぬつもりはありません」

それに対しクレアは憶することなく、きっぱりとそう答えて見せた。

「いいだろう。お前の背後の輩が、私を殺さんと言わんばかりの顔で見ているしな」

シノがパチンッと指を鳴らす。

モンスターを縛る鎖が、空気中に溶けるかのように消える。

同時に、この部屋にいる者全員の間に、緊張感が走った。

「ねぇ、お名前は何て言うの？」

そんな中、クレアはそんな雰囲気はお構い無しに、モンスターへと優しく問いかけた。

何をしているんだ？　と、クレアの奇行を不思議そうに眺める一同。

それに対しモンスターは、その見た目には人間と大差のない口をパクパクさせ、小さな声を発した。

「……ナマエ？」

モンスターが声を発したことに、その場にいたクレア以外の誰もが目と耳を疑った。

モンスターが喋るなんて、前代未聞のことなのだ。

「そう、名前です」

「ワタシニ、ナマエハナイ……」

流暢にとは言いがたいが、確かに人の言葉を話し、コミュニケーションをとるモンスター。

見た目と同じく、構造も人間に近いから話せているのだろうか……。


――いや、違う。

戦ったからこそ分かるが、魔力の質もその体質も人間とは確かに違った。

話せるのも、構造的な問題ではない。

そもそも、さっきまではこんなに感情が感じられる生き物ですらなかったのだ。

おそらくこれはクレアの魔法の力によるもの。

これが魔王が狙う古代魔法。

「それじゃ、イレーナなんてどうでしょうか？」

「イレーナ？」

「ええ、イレーナ」

そう言われ、困惑しつつも少し嬉しそうな表情をするモンスター。

「イレーナ……」

再度、名前を呟く。

そんなイレーナに、クレアは優しげな表情でこう尋ねる。

「イレーナさん、私のお友達になってはくれませんか？」

「「はぁ？」」

あまりにも唐突で、意図の読めない言葉に、皆豆鉄砲を食らった鳩のような表情となった。

「トモ……ダチ？」

「はい。丁度、私も退屈していたので。イレーナみたいに強いお友達がいると、心強いんですけど……」

「………ワタシト、トモダチ？」

「はい」

クレアがそう答えたその瞬間、
先程と同じ魔法陣が再び出現し、イレーナの身体を包み込み、眩い光を放ち始めた。

「な、何が起こっとるんじゃ？」

眩い光の中から出てきたのは、より一層人間の容姿に近づいた……いや、人間そのものの姿をしたイレーナだった。

目には瞳を宿し、少し尖っていた歯も、人間と同じものへと変化しており、全体で見てもその容姿は人間そのものだ。

その上、かなりの美人である。

「虫要素はどこにいったんだ？」

珍しく驚いているシノのそんな問いを聞いたイレーナは何やら詠唱を始めた。

そして詠唱を終えると同時に、下半身だけが蜘蛛の姿へと変貌した。

「やはり、そうか……」

魔力の質が変わっていない時点で薄々察してはいたが。

容姿は人間に近づいたが、本質的な部分は変化してないということが窺える。

それからイレーナはその姿のまま、足を綺麗に折り跪いた。

「マスター、私に名をくださり、ありがとうございます」

「えっ、あっ、はい？」

先ほどとは打って変わって流暢な言葉を話すイレーナ。

クレアもこんなことになるとは予想していなかったのか、あたふたとした様子で、ぎこちない返事をした。

「私、イレーナは今後マスターのため、この命尽きるまでお仕えさせて頂きたく思うのですが……ダメでしょうか？」

相変わらず無表情だが、モンスターだった時とは違い、その紅い瞳にはクレアのもとで働きたいという熱意がこもっていた。

お友達になりたかっただけなのに、と困惑するクレアだが、その熱意に押し切られてしまう。

「い、いいえ、こちらこそ、よろしくお願いします」

こうしてクレアのもとにイレーナという、セリオンに負けず劣らずの個性的な家臣が加わったのだった。

◇

モンスターが変化し、人の言葉を話し、仲間になると言う……信じられないような異常な光景を前に、その場にいたほとんどの人が、釘づけとなっていた。

「まさかとは思うが……これは」

何かを思い出したのか、はっとした表情のリョウエン。

「何か知っているのか？」

「知っている……と言って良いかは分からんが、古代魔法の研究の際に、昔の書物だったり石盤やらを読み漁ったのじゃがな。そのうちの一つに似たような現象について記されておった……」

あくまでも推測でしかない……ということか。

「その内容っていうのは？」

「人か魔族かも分からんが……何者かがたった一人で大勢のモンスターを引き連れ、それとは別の軍勢と対峙すると言う、不思議な絵が描かれた石盤じゃった」

「それが先代の古代魔法の使い手？」

「と、童はそう考えておる」

クレアの古代魔法にはモンスターを服従させる能力があるというのはだいたい察していた。

そこは驚くほどのことじゃない。

魔王軍の四天王と呼ばれるほどの大物が出てくるレベルなのだから。

驚くべきはやはり、その変化。

モンスターそのものに影響を与える力は、予想外だった。

「さらにその石盤と同じ場所ではもう一つ、その同一人物と思われる人を前に跪く、複数体の人型の何かが描かれた石盤も発見されておる」

クレアに服従し、忠誠の意志を見せるイレーナの姿。

「似ていると言えば、そう見えなくもないが……」

それから、話はダンジョン攻略の達成へと戻った。

まだ、あの状況を理解することはできないが、今はただ現状を受け入れるしかない。

「それで、その杖がアイテムなのか？」

俺の手にある魔杖を眺めながら尋ねる。

「最下層にあったので、恐らくは……」

「少し、見せてもらえないだろうか？」

断る理由はない。

何せ、正式に俺のものではないのだからな。

「えぇ」

そう言うと、近くに控えていた騎士の一人が、杖を預かろうとこちらへ歩み寄ってきた。

しかし、

「痛っ!?　な、何だこれは？」

ユイらの時と同様、稲妻が騎士の手を拒む。

「やはり、そうなるか……」

触れるものを拒む魔杖。

俺は実際に見たことも触れたこともないが、聖剣でも似たような現象が起こるらしい。

聖剣の場合は、勇者以外が無理に使用しようとすると急に剣の重みがますそうだ。

それでも尚、力自慢の奴が持ち上げようとしたところ炎が発生した、なんて事例もある。

「触れることすら拒むのか、この魔杖は……」

もし、ダンジョンを攻略したものの、アイテムに触れられないなんてことになっていたら、激しく混乱していたかもしれない。

現状では俺だけが触れられると分かった時は面倒事にも感じたが、そう捉えると少し前向きに思える。

「えーと、この魔杖はどうしたら……」

「うーむ。どうしたものか」

バジレウスが魔杖の扱いに困惑する中、リョウエンが一つ、あることを提案する。

「どうせこやつしか使えん。それに、こやつがいなければより多くの人が死んでいた」

そう言うとリョウエンは、テスタの顔を一瞥した。

「モンスターとの戦闘でも貢献しとる上、犠牲者も減らした。ダンジョン攻略に大きく貢献しているのは確かじゃ。何より、犠牲までだして得たアイテムに埃を被せておくのは勿体無かろう？」

「確かに。私もその意見には賛成だ。正直、聖剣の扱いには私も思うことがあった」

まさか……と、嫌な予感がする。

「よし。今回の報酬として、ロイド殿にはその魔杖の所有権を保証しよう」

「いえ、その。俺なんかが貰っていいものじゃないんじゃ……」

Dランク冒険者がこんなものを持っていたら、それこそ襲われかねない。

現に一度、王都でも何者かに付きまとわれている。

ダンジョン攻略の結果が伝わるのも時間の問題だろう。

「Dランク冒険者なんかが持っていいものじゃないと、思うんですが……」

「うむ。その件に関しても、私から直接冒険者ギルドに連絡しておこう。可能ならば、Sランクに昇格させて欲しいと」

「Sランク……!?」

おそらく、今回失ったSランク冒険者たちの代わりにと言うことだろう。

Sランク冒険者はかなり数に限りがある。

そう、ほいほい殉職する存在じゃないのだ。

そのSランク冒険者が数人、ダンジョン攻略で命を落とした。

王国自体の戦力が大きく低下したと言っても過言ではない。

だから、俺を新たなSランク冒険者にすることで、表面上だけでも戦闘低下を防ぎたい、とのことだろう。

「しかし、俺では実力不足……」

そこまで言いかけたあたりでふと、言葉を止めた。

確かに、今の俺では実力不足だ。

だが、これを有り難く受け入れれば、ユイたちが参加できる依頼のランクも上がり、そう言った点では足を引っ張らなくて済むようになる。

「あ、ありがとうございます……」

ここは素直に受け取ることにした。

もっともまだ、どの程度ランクを上げて貰えるかは不明だが。


その後、本来貰える予定だった分の報酬も受け取り、俺はユイたちと帰路についた。

リョウエンも流石に疲れたらしく、古代魔法や魔杖の話はまた後日、と言うこととなった。

俺が王城を出るまでの間、テスタがじっとこちらを見つめていたのが気になるが……。


それにしても。

自室のベットの上であおむけになりながら収納魔法で、入手した魔杖を取り出す。

どうやら俺はこの魔杖に選ばれたそうだ。

正直、俺を選ぶような魔杖もどうなのか？　と思うところはあるが、魔杖の凄さは握っているだけでも伝わってくる。

今もこうして魔力を流し込んでいるが、本当に魔力を保存しておけるようだ。

そして必要になれば、貯めていた分を引き出すこともできる……と。

更には魔法の保存。

試しに強化魔法を、魔杖に流し込む感覚でやってみたのだが、難なく保存に成功した。

これも魔力同様、必要な時に引き出し、発動することができる。

一つ、気がかりなのは、この魔杖を使おうとすると、使用している間、半透明の輝く本が目の前に現れるという点だ。

その本が初めて出現したのは、帰宿後、それとなく魔杖を取り出し、回復魔法を唱えた時のことだった。

実体はなく、魔力の塊のようなものなのだが、これがあるとないとでは魔力の消費量や効果の大きさが変わってくる。

よく分からないがこれもその、製作者のつけた能力なのだろうか。

その仕組みはさっぱりだが。

「なんで、その本の後半部分が破られているかも気になるな……」

さらにこの魔杖だが、異常なまでの硬さだった。

いざという時は、魔杖で敵を殴ることもできなくはない。

他にもまだ、未知の機能があるかもしれないし、流石はアイテムと呼ばれるだけはある。

「聖剣と同等、ね……」

だが、

「選ばれたって感覚はなかったんだよな」

アレンしかり、テスタしかり、自分が選ばれたのだと主張していたが、何かに選ばれたような感覚はなかった。

触れる条件のようなものはあるのかもしれないが……。

強いからとか、そう言う理由ではないような。

現に、たいして強くもない俺が、アイテムを扱えてしまっている。

「そう言えば、聖教国なんかでは、聖剣は魔王の持つ魔剣に対抗するための神器で、勇者は聖剣に選ばれた、未来の英雄なんだったっけ」

魔杖に限った話で言えば、選ばれたのではなくたまたまその型にはまっただけであり、そこに特別な意味はないような気がしてならなかった。

「ま、今気にしても仕方がないか……」

考えたとて、すぐに答えはでないだろう。

そう思い、俺は瞼を閉じた。

その翌日。

王都はダンジョン攻略……とは、まったく別の話題で持ちきりだった。

勿論、ダンジョン攻略も、それなりに話題にはなりつつあるが……。

それをしのぐほどの話題。

それは聖教国の聖地にある、王国で言うところの王城……大聖城が崩壊し、聖地では今尚混乱状態続いているということ。

そして、アレンに聖剣を奪われたというものだった。

◆

ダンジョン攻略が始まる数日前……聖教国。

〝聖地サケル〟にて。


その中心に聳え立つ大聖城ハイリッヒ＝シドラルの地下に設けられている地下牢獄には国を脅かすほどの危険人物が収監されていた。

大聖城には、破壊の勇者テスタ、聖騎士の騎士団長、副団長のうち、誰か一人は常に滞在しており、他にも大勢の聖騎士がいる。

そもそも、この地下牢獄自体の存在を知るものが少ないこともあってか、過去一度も地下牢獄への無断での侵入を許したことはなかった。

しかし、勇者テスタが王国へと向かい、大聖城にいた聖騎士の多くがモンスターの大量発生により、大聖城を離れていた今日。

地下牢獄は初めて部外者の侵入を許してしまった。

アレンを含めた元勇者パーティーの三人だ。

「ここまでは計画通りだが、そう長くは時間も稼げねぇだろうな」

アレンが、地下への階段を下りながら言う。

聖地付近に突如として発生した大量のモンスター。

それらはアレンが数日かけ、意図的に集めたものだった。

モンスターを大量発生させること自体は、さして難しいことではない。

モンスターの住みかを片っ端から破壊して回ればいいだけだ。

あとはこれを聖地周辺でひたすら行うだけの話。

「ねぇ、本当に大丈夫なの？　そのブラッドとかいう魔術師は」

「あぁ、実力だけで言えばかつて二代目大賢者になるとまで言われた魔術師だ」

「いや、そうじゃなくて。その人が私らの味方とは限らないでしょ？　そんな危険な人を解放しても大丈夫なのってこと」

ブラッド……聖騎士殺しの大魔術師。

裏ギルドの依頼を受け、数多くの聖騎士を殺し、恐れられたとされる魔術師だ。

「かつて、聖騎士を殺したSランク冒険者なんて……」

「ま、普通ならそう思うだろうな」

アレンがニヤリ、と嗤って見せる。

「が、それには裏がある」

「裏?」

「あぁ、その話はでっち上げ……真実じゃねぇ。彼女はただ、聖教国の上層部によりはめられただけだ」

「はめられた?」

「あぁ、聖騎士ってのは、何かと面倒でな。正義感が強いというか、聖教国の崇めてる神?とやらに対する思いが強い奴が多い。それ故にってわけじゃねぇが、金や権力目的の奴には不都合もあった」

それは教会育ちのシーナも知っていた。

聖教国とて、国の上層部が必ずしも、良い人だけではないのだと。

「数年前……一部聖騎士らが上層部の一人の汚職に気が付いた。当然、それを知った聖騎士は黙っちゃいなかったが……。で、そいつらを消すために利用されたのが、当時Sランク冒険者として有名だったブラッドだ」

「話だけなら、私も知っています。はめられたと言うのは初耳ですが……」

いったいどこでその情報を？　と、シーナがアレンに尋ねる。

「勇者パーティー時代に、その殺されかけた聖騎士から聞いた。勇者の力でこの悪行を世に示してほしいって」

「そ、そんなことが……」

「まぁ、断ったがな。当時はまだ、勇者と判明したばかりだったし、勇者になって早々、聖教国の偉い奴となんかもめたくなかったからな。その話が嘘じゃねぇって保証もなかったし」

名を揚げるチャンスでもあったが、勇者になれたことに満足していた当時のアレンは、面倒事を避け、保身に走ったというわけだ。

いや、保身と言うより、当時はまだ勇者としての実感もなく、自身にそんな権力があるとすら、感じていなかったからとも言える。

とは言え、当時のアレンは無慈悲に断ったわけではなく「頼むなら他の勇者にあたってくれ」と、親切に知っている限りで、勇者たちの居場所まで教えた。

もっとも、その数日後、その聖騎士はイシュタル近辺の森で死体として発見されていたが。

関わらなくて良かったと思うと同時に、あの話が本当だったと言う確信へと繋がった。

「元々、大量のモンスターを血祭りに上げ、森を真っ赤に染めながら高らかに嗤うような奴だったが、意味なく人を殺すような奴ではなかったそうだ。あくまでも聞いた話だがな」

まだ、アレンがDランク冒険者だった頃の話であり、実際にそれを見たことはないが聖教国以外でも冒険者の中では有名な噂だった。

「意味なく人を殺すような奴ではない。だが、意味さえあれば人を殺すことも厭わないような奴でもあったそうだ。指名手配の奴とかは容赦なく殺していたらしいしな。それはまぁ、かつて孤児で頼る宛もなく、あの魔王との戦争を生き残るため、幼いながらも金を得るため、魔族を殺してきたからかもしれねぇが……」

それゆえ、生き物を殺すことへの抵抗は、人より少なかったのだろう。

冒険者ではないから依頼は受けれない。

だが当時、一部魔族の首には懸賞金がかかることもあった。

どんな幼子でも、死体、あるいは倒したと言う証拠となるものさえ持ってくれば懸賞金が手にはいる。

誰しもに魔族討伐のチャンスが与えられ、誰しもが英雄となり得ることができた時代。

だから生きるため……と言われては、同情できなくもない、と言う難しい表情の二人。

それに対しアレンはと言うと、まったく顔色一つ変えることはなく、淡々とただ話を続ける。

「そんなのはどうでもいい。過去に同情しようとも思わないし、勿論その聖騎士殺しを咎めるつもりもない。ただ、互いにとって都合がいい……それだけで十分だ」

◆

しばらく歩くと、目的の人物のいる牢獄が見えてきた。

薄暗い牢の中、鎖に繋がれながらもニヤリと不気味に嗤う一人の女。

容姿から窺える年齢はざっと二十代前半といったところで、その髪はボサボサで真っ白な肌をしている。

鉄格子の間から歪んだ瞳でこちらを見つめる女。

「おい、こんなところに聖教国以外の人間が来るとは珍しいなぁ！」

ジャラジャラと鎖のぶつかる音をたてながらそう言った。

「お前か？　聖騎士殺しのブラッドってのは」

「あぁ、確かにオレサマだが。何の用だ？」

「復讐しないか？　聖教国の奴等に」

それを聞き、ふっと微かに笑みを浮かべた。

しかし、

「面白い……が、断る」

「あぁ？　何故だ？」

「他人に利用されるのはゴメンだ。お前もオレサマを利用しようと近づいたクチだろ？」

アレンがブラッドを利用しようとしていることは事実であり、弁明の余地はない。

「そもそも、オレサマに近づく目的が……」

「聖剣の奪取。それが俺の目的だ」

弁明するでもなく、唐突に放ったその一言に、ブラッドは目を見開いた。

「何、聖剣だと？　だが、あれは勇者にしか扱えねぇ代物だろ？」

「俺は勇者だ。もっとも、その称号は剥奪《はくだつ》され、今はお尋ね者だがな。それでも、勇者の資質を持っていることは変わらない」

ここに来るまで、アレンも成長しており、その気迫が、その言葉が真意であることを裏付ける。

「ほぉ、なるほどな。それで？　聖剣を奪取して、何をするつもりだ？」

「俺の力を世の中に示す。俺を見切った奴等への復讐として。手始めにまず、この大聖城を落とすつもりだ」

そう言い、アレンは天井を見上げた。

この地下牢獄の上に立つ、大聖城を。

ここから見えはしないが、確かにそこには大聖城が存在している。

それを聞いたブラッドは今まで以上に、口角を上げ笑い声を上げた。

「面白れぇ、面白れぇなぁおい！　少し前に、手を滑らせて大聖城を半壊させたっつー、イカれた野郎がいたってのは聞いていたが、意図的にここを崩壊させようとするような奴は過去にも聞いたことがねぇ」

ケラケラと、鎖を揺らしながら嗤うブラッド。

「それで、のるか……のらないか？」

「分かった。ここからオレサマを出してくれるなら、てめぇの手伝いをしよう。オレサマが、この大聖城を派手に落としてやるよ！」

「よし……交渉成立だな」

アレンはそう言うと、ニヤリと不敵な笑みを浮かべた。

盗んできた鍵を使い、その牢を開け、ブラッドの手足の枷を外す。

「オレサマを逃がし、協力を仰ぐってことは当然、アレもあるってことだよな？」

ブラッドがその道具を寄越せと、アレンに手を伸ばす。

「ほら、お前の持ち物だ。魔術師のくせに杖もねぇんじゃ、使い物にならねぇからな」

鍵と共に奪ってきたブラッドの杖を、その手へと渡した。

「分かってんじゃねぇか。ま、オレサマは近接での戦闘もそれなりにはできるがな」

その杖をガシッと力強く握りしめる。

「それで、敵の数は？」

「知らねぇ。だが、聖騎士ならそのほとんどがこの城から出払ってる。騎士長も副騎士長もここにゃ、いねぇよ」

「既に場は整えてある……というわけか」

「そうだ。あとはこの城を落とすだけだ」

これから始まる復讐劇に胸を高まらせるアレン。

「なぁ、アレン。聖剣を奪ったら、ここにいる奴等を外へと放ってみるのはどうだ？」

「何故だ？　こいつらを解放したとて、恐らく好意的に協力はしてくれないだろ？」

「あぁ。だが、時間稼ぎにはなる。聖騎士も、こいつらを放ってはおけないだろ？　何せ、この牢獄の存在を国民は知らねぇわけだからな」

「なるほど」

「だ、ダメです！」

しかし、シーナがその案に反対した。

「何故だ？」

「ここにいる中には、多くの人を無差別に殺すような大罪人もいます。だから、そんな人たちを聖地に放てば……」

不安そうな顔でアレンへと訴えかけるシーナ。

隣に立つ、ルルも同様の表情をしている。

そんなシーナへ、アレンは威圧的な様子で言葉を放つ。

「それは〝俺が間違っている〟……と言いたいのか？」

「いや、それは……」

酷く冷たく、鋭い視線がシーナに刺さる。

モンスターを聖地周辺に集めるという案も、シーナは最初反対していた。

その時も、聖騎士が何とかするという言葉と、俺が間違っているのか？　という言葉で言いくるめられてしまっている。

「まぁ、その女の言いたいことも分かる。だが、安心しろ。ここの牢獄にはそう言う奴はたくさんいるが、そう言う奴等に限ってそこまで強くない。聖騎士長が出てくれれば、すぐに捕まると思うぜ？」

「そ、そうなんですか？」

「まぁ、聖騎士長でも手に負えない奴もいるが、あいつはそもそも快楽殺人なんて興味もないだろうし、今はただの老いぼれ。問題ねぇだろ」


その数時間後。

大聖城に残っていた聖騎士は全滅。

逃げ遅れた一部、聖教国の重鎮たちも殺され、そこで働く人も含め多くの犠牲者を出した。

そして、大聖城はブラッドの放った魔法により破壊され、囚人が放たれた聖地は混乱に陥ったのだった。

第八話 伝説のほころび

——十七年前。

長きに亘り大量の死者を出し、幾つもの街や村が滅ぼした大戦。

悲劇が更なる悲劇を生む戦争。

それらは伝説の冒険者と呼ばれる、たった数人の冒険者たちの活躍によって終焉を迎えることとなった。

今でも鮮明に思い出せる。

終戦に歓喜する人々。

撤退する魔導国。

そして、
とても勝利した側の、それも英雄と呼ばれるものの表情とは思えない……。

一人の英雄の墓石の前で膝をつき、涙を流す、師匠……マーリンの表情を。

平和のために、自分のために、自分の大切な人が死ぬ悲しみを。

当時の彼女には想像すらできないほどの悲しみを背負う自身の師匠を前に、彼女は何もできなかった。

無力だった。

悔しい……。

ふと、そんな感情が彼女の胸を締め付ける。

「師匠、童は……」


「はっ!?」


締め付けられるような痛みを感じた気がして、反射的に飛び起きてしまう。

あたりを見渡すと、そこには見慣れた風景がある。

数日ぶりのせいか、何処か懐かしさを覚える、見慣れたはずの部屋。

「なんじゃ、夢だったのか……」

リョウエンはそう言い、時計へと視線を動かした。

「もうこんな時間か……」

ダンジョン攻略の疲労が大きかったためか、いつもより遥かに長い時間、寝てしまっていた。

「それにしても、久しい夢を見たの……」

リョウエンが最後に見た、敬愛する師匠……マーリンの姿。

その数日後には、マーリンは姿を消してしまった。

パーティーメンバーや、深い関わりのあった錬金術師も、同時に姿を消した。

終戦を、平和をもたらした立役者が一斉に姿を消したことはまたたく間に広がり、王国に限らず、他の国でもかなり話題となり、世間を騒がせた。

今でも、彼女らの帰りを待つ声は少なくはない。

今となっては、死んだのではないかと言う説の方が濃厚になってしまっているが……。

リョウエンも時折、マーリンは死んでしまったのではないかと思ってしまったほどだ。


しかし、数日前。

騒がしいなと思い、なんとなく無気力に王城を散歩していた時。

何処と無く、マーリンと似た圧倒的な実力者の雰囲気を漂わせる一人のDランク冒険者……ロイドを見つけた。

そしてその晩。

そのDランク冒険者に接近を試みて確信した。

マーリンは間違いなく生きている……と。

「まったく、心配をかけおって……」

ちなみにだが、マーリンとリョウエンが師弟関係と名乗っているが……。

勝手にリョウエンが師弟関係を嫌がるのもそのはず。

マーリンが師弟関係を嫌がるのもそのはず。

若干ではあるが、リョウエンの方が歳上であり、元は帝国一の研究者なのだ。

冒険者ランクも、そのままいけばSは確実であり、帝国の重鎮となるのも時間の問題と言われるほどのエリート。

もし、古代魔法の研究に固執していなければ、大陸屈指のSランク冒険者になっていたことだろう。

帝国とのいざこざもあるため、マーリンとて容易に弟子にしようとは思えなかった。

元々、当時のマーリンは弟子になんて興味すらなかったのもあるが……。

そんな超エリートなリョウエンがそれを捨ててまで魔法を研究する理由。

リョウエンはぐっと拳を握りしめ、小さな声でこう呟いた。

「待っててくれ、マーリン。師匠の悲願は弟子である童が……」

言いきる前に、コンコンとドアをノックする音に、リョウエンの微かな声はかき消された。

「この感じ……誰だ？」

この魔力、雰囲気。

弟子に似ているが、どこか違和感を覚える。

だが、ここを訪れるもの好きはそういない。

おそらくは……

「扉なら開いておるぞ」

そう言うと同時に、扉がゆっくりと開く。

「すまない。まだ、疲れが残っているだろうし、今日は遠慮しようと思ったんだが……」

新聞を片手に、顔を除かせる一人の青年。

ダンジョン攻略の翌日にも関わらず、この元気さ。

相変わらず、何から何まで師匠の弟子だと感じさせられる。

そんな青年を前に、フッと微かに笑みを浮かべるリョウエン。

「いや、よい。それより、何のようじゃ？　我が弟子……ロイドよ」

「いや、弟子になった覚えはないんだが……って、それより」

ロイドが、ここに来る道中で買っていたと思われる新聞を広げた。

「……これは⁉」

「聖剣が盗まれた。それも、アレンに」

「……っ⁉」

記事を読みながら、悔しそうに唇を噛みしめるリョウエン。

「やられた……」

聖剣ほどのアイテムだ。

当然、普段であればそれなりの警備が敷かれている。

聖騎士、それもトップクラスの人間が日々、交替制で守っている。

だが、それを除けば、それほど厳しい警備ではなかった。

大聖城内にあるのも、その理由の一つだが、それ以前に聖剣を持ち出せる人間がこの大陸には四人しかいないからだ。ひょっとすると他にもまだ、未知の、適性検査を受けていない勇者の資質を持つ者がいるかもしれない。だが、聖教国の行う適性検査を受けていない以上、自身が勇者かどうかは分からないはずだ。

持ち出せるか否かも分からないのに奪いに来る奴はまずいない。

つまり、聖剣は元々、勇者以外は持ち出せないという最強のセキュリティーに守られている、ということだ。

だから、一国の王か聖剣かとなれば、必然的に王の護衛に兵力は割かれる。

「当時はモンスターの大量発生で、聖騎士の多くは出払っていたようだし、今まで明かされてすらいなかった地下牢獄の脱獄犯の身柄の確保もしなければならなかった」

「なるほど。だから、狙いが聖剣であることはおろか、盗まれたことに気が付くのも遅れたと。まったく、盲点を突かれたな、聖教国も」

「あぁ、それで、朝とある人が訪ねてきたんだ」

「とある人？」

それが何故、今のロイドに関係してくるのか、いまいち理解ができず、リョウエンはそう尋ねた。

「破壊の勇者、テスタだ」

「……なるほど。そういうことじゃったか」

それを聞いたリョウエンは理由を聞くまでもなく、おおよそのことを理解した。

「勧誘か……」

◇

数時間ほど前のことだ。

早朝、とある人物が俺のもとを訪ねてきた。

破壊の勇者……テスタ。

ここでは話せないと言われ、俺は近くの喫茶店まで行くこととなった。

ここでは話せないが、喫茶店でなら話せる。

と言うことから、おおよその話の内容は推測することができた。

喫茶店までの道中、テスタが後ろを歩く俺の方を振り返る。

「何と言うか、昨日と雰囲気が全然違うな」

お世辞のつもりだろうか。

だとすれば、下手すぎるにもほどがあるが。

「お世辞なら結構だ」

「いや、素直にそう思ったんだが……まぁ、いい。お世辞だと思うなら、そう捉えてもらって構わない」

その後、喫茶店へと入り、飲み物を注文した。

置かれた珈琲を一口飲み、テスタが話を始めた。

「本題を率直に言おう。お前を聖教国へと招待したい」

まぁ、そんな話だろうと、落ち着いた様子で俺は返事を考える。

もっとも結論は決まっているが。

断る場合、何と言えば良いだろうかと考える。

あまり勇者と、それも聖教国の勇者との関係に遺恨は残したくない。

「何故、俺を招待したいんだ？」

「先日、聖教国から聖剣が持ち出された」

「えっ？」

予想していたものとは違う答えに、驚きの声を漏らしてしまう。

「でも、そんな話……」

「あぁ、俺もついさっき知ったばかりだ。アレンが無断で聖剣を持ち出した。凶悪犯どもを放ってな。そのせいで今なお、聖地は混乱の中にある」

「アレンが……」

しばらく忘れていたが、まさかそんなことをしているとは、思ってもいなかった。

「それで、現状魔杖を唯一扱える俺を聖教国に招待することで、奪われた聖剣の穴を埋めようということか」

「あぁ、望むなら俺のパーティーメンバーに入れてもいい。元アレンの部下なら、勇者パーティーに所属するということがどれほどのことか、分からなくはないだろ？」

俺が「ＹＥＳ」と答えることを確信しているかのように、自信の込められた目でこちらを見つめてくる。

だが、

「断る」

「なっ⁉」

ぶっちゃけ、名誉を除けばたいした恩恵はなかったし、今となってはそこまで魅力的にも思わない。

迷う余地すら、俺にはなかった。

「っ……」

俺の回答が余程気に食わなかったのか、怒りの矛先を向けてくるテスタ。

「おい。魔杖に選ばれたからって、調子にのっているんじゃないだろうな？　お前のパーティーメンバー……確かにそれなりに実力があるようだが、勇者パーティーだぞ。比べるまでもないだろ？」

物凄い威圧感が俺を襲う。

勇者の名に恥じない力が感じられた。

幸い、周りに客はいないが、店員がその威圧感に気圧されているのが見える。

「なるほど……」

アレンとは格が違うのは一目瞭然。

しかし、ここで引くわけにはいかない。

「そっちこそ、勇者だからって何でも許されると思うなよ。俺はユイたちのパーティーメンバーをやめるつもりは毛頭ない」

俺がどうこう言われる分には構わないが、ろくに知りもしないくせにユイたちを語るテスタに苛立たずにはいられなかった。

　ダンジョンでの身勝手な行動だってそうだ。

　シノに先を越されまいと思っての行動だったのだろうが、本当にその名誉ある勇者を自称するなら、誰よりも先に全員の命を優先すべきはず。

　何より、彼らは助からない命じゃなかった。

　悪化させるだけさせて、反省すらしないような……。

「一緒に戦うと決めた冒険者の命を軽んじるような奴のパーティーに入るつもりはない」

　我ながら、珍しく感情的になってしまったと、そう言いきった後で思う。

「ふぅ……」

　目を閉じ、深呼吸することで気持ちを落ち着かせる。

　少しは考えてくれたのか……テスタの返事がなかったため、不思議に思いながらも、俺は瞼を開けた。

「えっ……」

　するとそこには、何故か脅えるテスタの姿があった。

　微かに、全身が震えている。

　言い過ぎたか？

　いや、とてもテスタが何かを言われて、それで深く傷つくような人には思えない。

「お、お前、本当にDランク冒険者のロイドなのか？」

震え声でそう尋ねてくるテスタ。

Dランク冒険者のロイドって……。

「Dランク冒険者の、は余計じゃないか？」

「いや、だって、まるで別人じゃないか……」

「別人？」

そう言われ、今朝顔を洗った時に鏡で見た顔を思い出す。

「うーん」

別にいつもと大差ない、見慣れた顔だったはずだ。

イメチェンした覚えもないし、服装もいつも通り。

特に変わったものは身に着けていない。

「いつも通り……だと思うが」

「そ、そうか……」

「話はこれで終わりでいいよな。あっ、自分の分は払っておくから」

理由も分からず、突然怯えだしたテスタがあまりにも俺には気味悪く見え、互いに気まずい雰囲気となってしまったため、話を切り上げることにした。

もう、話すこともないしな。

「まったく、いったい何なんだ？」

その後、俺は会計を済ませ、喫茶店を足早に去った。

◇

「何なんだ、あれは……」

一人喫茶店に残されたテスタは、ロイドが去って尚、怯えていた。

「俺ですら気圧されるあの威圧感に、途轍もない魔力の圧、あれが魔杖の力なのか？」

しかし、それはあり得ないと可能性を否定する。

いや、まったくの無関係ではないだろうが……。

テスタの知る限り、聖剣にはそんな力はなかったし、魔杖の力なら昨日の時点でその変化に気が付いたはずだ。

魔杖が原因なのは確かだろうが、あの力は魔杖のものじゃない。

「あの魔力は……」

困惑する頭で、思考を巡らせたどり着いた答え。

「あの男の、うちに秘める力……」

テスタが、ここまで他人に気圧されるのは二度目だった。

「二度目だ。この感じは……伝説の……」

伝説の冒険者、大賢者マーリン。

若くして勇者と判明し、十歳を超えた頃にはSランク冒険者すら、超越する天賦の才を開花させていたテスタ。

聖剣に選ばれた自分に敵はいないと思い、冒険者を見下し、大人をなめきっていたテスタを。

魔法すら使わずに、その身体から放たれる魔力の波動だけで当時のテスタを圧倒し、敗北させて見せた唯一の冒険者。

何故、昨日の今日で今まで隠していたその片鱗を見せるようになったのか。

何故、あれほどまでの実力を持ちながら無名なのか。

何故、Dランク冒険者から、伝説と称される冒険者と同じ力を感じるのか。

分からないことだらけだが、ただ一つ。

はっきりと分かることがあった。

「あれは、化け物だ……」

◇

王都から少し離れた場所にある小さな街の木造の宿にて。

黒ローブの女……リリィが、とある部屋の扉をノックする。

しばらくして、扉の向こうから間延びした声が返ってきた。

ゆっくりと開かれる扉。

「いやー、リリィさん。そろそろ来る頃だと思ってたっすよ」

だぼっとしたサイズ大きめの服を纏い、ボサボサの頭をかきながら出てきた男。

錬金術師……ウィルだ。

ここ数日、ウィルはこの宿に泊まり、研究に耽っていた。

もっとも、ここは小さな街の木造の宿。

建物も決して新しくはなく、耐久性も高くはないため、少しでも危険性のある実験は避けなくてはならない。

軽い暴発でも、大惨事になりかねないからだ。

と言うわけで、暴発等の可能性の低い比較的安全な実験か、あるいは机上で行える思考実験をしていたわけだが。

何故、わざわざ王都近くの街にいるのか。

勿論、それはリリィが王都にいたこととも密接に関係していた。


黒いローブを脱ぎ、適当に壁にかけるリリィ。

「お疲れっすよね？　どうっすか、何か飲み物でも……」

疲れた様子で、ソファーへと腰かけるリリィにウィルが尋ねる。

ちなみに、この部屋にある家具は全てウィルの私物だ。

元々あった家具は、現在ウィルの収納魔法により、亜空間へと収納されており、今ここにある家具は全てウィルがこっそりと持ち込んだものとなっている。

宿主が知れば、何か言われるかもしれないが……。

バレなければ問題はない、と言うのがウィルのスタンスだ。

そんな私物の一つ、魔力冷蔵庫から何か飲み物を取り出そうとするウィル。

「ありがと。でも、飲み物はポーション以外でお願いね」

リリィがちらりと目を向けるとそこには、何やら輝く液体の入ったフラスコを持つウィルの姿がある。

「えー、せっかく特製疲労回復ポーションを冷やしておいたのに……レモンティー味っすよ？」

「あのね……ウィルのことだから、味はその通りなんでしょうけど。いくら味が良くても、流石にそんな光り輝く液体飲みたくないわ。色も、全然レモンティーじゃないし」

青色で、まあ飲み物であれば全然あり得る見た目なのではあるが、、それが輝いているとなるとまた話は別だ。

「いやぁ、美味しいんすけどねぇ」と呟き、その液体を飲み干すウィル。

「そ、そう言えば……ウィルはそう言うの、気にしないタイプだったっけ」

その後、普通の飲み物を貰い、リリィは王都での出来事について報告を始めた。

「聞くまでもないかもしれないけど、盗聴対策は？」

「えぇ、問題ないっす。この一室には防音効果に、魔法による盗聴、盗撮対策。他にも、外部からの覗き見を阻害する結界が張り巡らされていますから」

「認識阻害ってやつ？　それ、実戦で使えたらかなり強そうだけど……」

「それは難しいっすね。結界自体がそもそも固定型で応用しにくいですし、結界を固定するのにも、それなりの時間を要するっす。結界で姿隠して待ち伏せするにしても、結界自体が探知魔法に簡単に引っかかるっすからね」

とにかく、戦闘への応用は難しいと説明し終えたところで、リリィが本題へと入る。

「それじゃ、早速。ダンジョン攻略は見事成功。さらにそのアイテムはロイドのものとして認められたらしいわ。国王直々に、ね」

「へぇー、流石はロイドくんっすね。ダンジョン攻略までは、まぁ計画通りっすけど、まさかアイテムがロイドくん個人のものになるとは」

実は今回のダンジョン攻略にロイドたちを参加させるよう騎士団長に促したのはリリィたちだった。

ダンジョン攻略……伝説の冒険者と呼ばれた人たちが消えて以降、幾度となく議題には上がり、その度に計画はされていた。

それだけ、伝説の冒険者の抜けた穴が大きかったのだ。

その穴を、アイテムで埋める……それが目的だろう。

だが、それには様々な反発があった。

攻略に成功した場合の成果が大きい代わりにリスクが高過ぎる。

実際、今回のダンジョン攻略だって、成功はしたものの、何人ものSランク冒険者を失ってしまった。

冒険者は元々、死と隣り合わせの職業ではあるが、だからと言ってその命を軽く見て良いわけではない。

故に反発も強かったのだ。

割合で言えば、賛成と反対で半々と言ったところ。

それが今になって叶ったのは、今まで秘密にされていた第二皇女誘拐の件が、王都到着と同時に王国の上層部に広まったこと。

そしてリリィたちの後押しがあったからだ。

また、そのリリィたちを後押しするキッカケとなったのはロイドの存在だったりする。

「死者が出たのは、誤算だったっすね。もし、ロイドくんがその力を存分に発揮できていれば……」

「そうね。ロイドがいれば死者はでない、と思ってたけど。三人の勇者のうち、まさかよりによって破壊の勇者が選ばれるとはね……」

「性格を除けば、あの中だと適任っすからね。それに性格を含めても、他の勇者が適任かと言われれば、微妙ですし」

仮にロイドが指揮を執り、その力を存分に発揮できていればこうはならなかっただろう。

ロイドが我の強くないのは承知していたが、以前よりも謙虚……いや、ネガティブになっているのは想定外だった。

「まぁ、私たちが参加できれば、一番いいんだけど」

「確かに、リリィさんたちがいれば百人力っす。でも、いつまでもマーリンさんやリリィさんに頼ってはいられない。それに、新人育成のためにも、今はまだ出るわけにはいかない……」

「何より、マーリンに何を言われるか分からないからね」

理由は様々だが、とにかくリリィたちが今、姿を現すことはできなかった。

「それにしても、なんというか。マーリンさんたちがいなくなって以降、弱くなったっすね。騎士も、冒険者も」

「えぇ、街中で冒険者と戦ったんだけど……」

「えっ、戦ったんすか⁉　隠密行動したいって言うから、わざわざ貴重なローブまで渡したのに……まったく、マーリンさんじゃないんすから」

呆れたと言わんばかりの顔でウィルが言う。

しかし、本気で呆れているわけではない。

ただ、リリィをからかっているだけだ。

「仕方なかったの！」

そんなウィルの言葉に本気で反応するリリィ。

「冗談っすよ。まぁ、リリィさんのことだから、やむを得ずだったんでしょうけど。分かってますよね、今リリィさんたちが生きていることが、公に知れれば」

「えぇ、でもお陰様で飛びっきりの〝タマゴ〟を見つけられたわ」

「タマゴ？」

「あれはたぶん聖騎士団長を超えるわね」

その言葉を聞き、一瞬ではあるが目を見開き、驚いた素振りを見せるウィル。

「へぇー、そんな大物が……」

リリィが聖騎士団長すらも超える〝タマゴ〟と称した人物。

ここ最近、強い冒険者……それこそ、マーリンやリリィ並みに目立つものが現れず、一方で魔族の動きが活発化し、均衡が崩れ始めたことに焦りを抱いていたウィルからすれば、それは嬉しい報告だった。

「まぁ、かつて聖教国一の聖騎士学校で、現聖騎士団長すら負かして主席の座を奪い取ったリリィさんが言うんだから、間違いないんだろうっすけど……」

「昔の話よ。私は途中で辞めたから」

「そうっすねぇ。決闘による建物半壊は日常茶飯事。聖教国の崇める女神様への信仰心の無さはともかく、当時のリリィさんは、キレたら相手がお偉いさんだろうと、容赦なくぶっ飛ばす問題児だったんでしょう？　そりゃ、退学になるっすよ」

「だから、それは昔の話！」

声を荒らげ、顔を赤らめながらきっぱりと否定する。

が、そんなリリィの言葉を聞き、ウィルはキョトンとした表情となった。

「えっ？　今もじゃないっすか？」

「ち、違……あれはまだ十代の頃の」

「いやいや、少なくとも冒険者時代もかなりのものだったっすよ？　第一、だからこそ〝剣鬼〟なんて物騒な異名がつくんでしょ？」

「うっ……」

剣鬼の異名はリリィにとって不本意かつ、恥ずかしいものでしかない。

中二病のシノとは対照的に、そもそも剣聖という異名ですら、聞くだけで内心死にたくなるほど恥ずかしいのだから、剣鬼なんて異名……。

街中で聞くだけでも、顔を真っ赤にして逃げ出すほど、リリィは嫌っていた。

「それより、報告は以上よ！」

「まぁ、だいぶ話は脱線したっすけど……とにかくロイドくんは生還し、その魔杖？　も手にいれた……ってことでいいっすね？」

「要点はそんなところね」

「なるほどなるほど……」

状況を聞き、聞きそびれたことは無いか確認する。

「ち、な、み、に……ダンジョン攻略の数日前に森に大きな亀裂ができたって話。大型モンスターの仕業だとか、祟りだとか、此処等でもかなり噂になってるっすけど、あれは……」

関係ないっすよね？　と、疑いの眼差しをリリィへと向ける。

「わ、私は関係ないわ」

「へぇー」

「そ、それじゃ、私まだ行きたい店があるから行くわね」

それだけ言い、そそくさとその場を去ろうとするリリィだが、扉の前で伝え忘れていたことを思いだし、足を止めた。

「あっ……」

「なんすか？」

「いや、一つ気になることがあってね」

「気になることっすか？」

「ほら。ロイドが昔、シビルの遺品を……例の魔導書の片割れに触れてしまったことあったでしょ？」

「えぇ、それでマーリンさんがガチギレしたっていう……。まぁ、話は聞いたことあるっすけど……それが？」

「どうやら、魔杖の影響で……」

深刻そうな表情で話す二人。

「なるほど……それを知ったら、マーリンさんは悲しむかもしれないっすね。あれは下手すれば身を滅ぼしかねない。それこそ、シビルさんが……」

「うーん……そうならないために、あそこまで鍛えたんだろうけど……」

マーリンに報告するか否か。

迷った末、二人の出した決断は、報告を保留するというものだった。

「このことは黙っておきましょう。どうせ、あの魔導書にはもう、当時ほどの力はない。それこそ、シビルさんの時のようにはならないはずっす。それに、あまり今のマーリンさんを刺激しない方がいい」

ウィルの意見にリリィが頷く。

「そうね。それじゃ、マーリンにはロイドが、計画通り一流の冒険者と認められたって伝えておいて。私はせっかくだし、もう少し王都を堪能して帰るから」

「へいへい、了解っす」

◆

時を同じくして。

魔導国内に聳え立つ、大陸最大規模を誇る魔王城。

その一室に七人の魔族が集まっていた。

全員が、並外れた強者であり、Sランク冒険者すら霞んで見えるほどの風格を漂わせている。

また、容姿もかなり独特で、腕が八本ある者……。

両腕を拘束具でガチガチに固められた者……。

その中には、片腕を失っているグリストの姿もあった。

部屋には円卓があり、そこには八つの椅子が並べられており、どの椅子も豪華なのだが、その中でもより一層強い存在感を放つ、玉座のみが空席となっている。


それからしばらくして、一人の魔族が玉座の奥にある部屋から歩いてきた。

隣には何やら資料を抱えた秘書の姿がある。

「ゴメン、待たせたね。少し、野暮用ができて……」

七人の魔族に比べると、どこか抜けているような、一見覇気を感じさせない魔族の青年。

銀髪に白い肌……体つきも、この中では誰よりも細く、ひ弱に見える。

強く握れば、折れてしまいそうなほど細く、綺麗な腕。

しかし、見るものが見れば、この男こそが〝現魔王〟であることは一目瞭然だった。

（流石は魔王……格が違う）

グリストは内心、そう呟く。

他のものも、表情にこそ出さないが、その魔族の男の前には無力だと悟っていた。

「えーと、何もそんなに緊張しなくてもいいんじゃないかな？　別に、悪い話をしに来たわけじゃないし……ね？」

ただ、会議がしたかっただけにもかかわらず、気まずい雰囲気に包まれ、頭を抱える魔王。

「私って、そんなに人望ないのかな……」

肩を落としながら、横に立つ秘書に意見を求める。

「いえ、決してそう言うわけではないと思います」

「うーん、あんまり独裁的なことはしたくないし、皆とは仲良くしたいだけなんだけど……やっぱり、即位した時、反対する魔族たちを力で捩じ伏せちゃったのが不味かったかな？」

最初、この男が魔王に即位すると決まった時、反対するものは多かった。

このひ弱そうに見える体格のせいで、血筋だけで魔王になったと、魔導国内では話題になり、力こそ絶対という風潮の強い魔族たちは納得しなかったのだ。

だから、最も大きく、過激な反対勢力をたった一度の魔法で、潰して見せたのだ。

その中には、四天王の座を争うほどの強者がいたにもかかわらず。

一瞬にして、魔導国を手中に収めた男。

「無関係ではないでしょうが……圧倒的な力は魔王になるには、絶対必須の要素ですから。お気になさることはないかと」

「そっか……まぁ、父と違って人望がないのは分かってたことだし。取柄はこの、自らの身体すら蝕む、忌々しい魔力だけだしね」

そう言うと、魔王は秘書に、資料を配るように指示した。

「はぁ……」

未だ、しょんぼりとしている魔王。

しかし、決して人望がないわけではなかった。

（誰も魔王と認めていないものなんていない。ただ……）

この男を前にすると、元四天王であるグリストですら、自分は強者であるという自信を喪失してしまうほどの、劣等感に苛まれた。

（先代とはまた違った威厳がある……）

先代から仕えている幹部たちは皆、そう思っていた。

新たに加わった四人もそうだ。

中には百年以上もの間、四天王への昇格を断ってきた……手に負えないような凶悪犯ばかりの集まる魔導国一の監獄の監獄長までいる。

（ベリアレス……先代の時は、一度たりともその力すら貸してくれなかったのに……）

唯一、魔王の誘いを断ったのは元四天王の研究者ぐらいだった。

「えーとね、これを読んでもらったら分かると思うけど、先日……聖教国内で大規模な事件が起こり、結果、聖剣が勇者に盗まれた」

七人にとっては初耳の話に、驚くものもいれば、面白そうに笑みを浮かべ、資料を眺めるものもいた。

そんな様子を確認しながら、魔王は淡々と話を続ける。

「聖教国は今、混乱状態。帝国も上は疑心暗鬼の状態が今も続いている。だからね……」

優しい表情で、ゆっくりと口を開く。

「第二皇女のいる王国を攻めようと思う。下手に助力されないうちに古代魔法を回収するんだ。四天王制度を撤廃し、新たに発足したこの、魔王軍最高戦力、魔皇七席の力でね」

その表情からは想像できないような、えげつないことを語る魔王。

無論、全員が賛成というわけではなかった。

そんな魔王の言葉を聞き、グリストは手を挙げる。

「はい、魔皇第六席のグリスト。何かな？」

反論にも怒ることなく、変わらず優しい表情でグリストに質問の許可をする。

「魔王様、このタイミングでなくてはならないのですか？」

「うーん、そうだね。ちょっと、別の用もあってね」

「それはいったい……」

「できれば言いたくないんだけど、言わなきゃダメかな？」

刹那、グリストですら息苦しくなるような強大で高密度な魔力が魔王城を包み込む。

（こ、これが、魔王の力……自身の肉体すらをも蝕む、大陸最強の魔力保持者！）

「と言うわけで第四席と第七席には、王国に行ってもらいたい。皇女の身柄、そして……」

立ち上がり、ボロボロの黒いローブのようなものを着た魔族の耳元で何かを囁く。

「できそう？　第七席で、元魔王軍暗殺部のリーダーさん」

「……承知した」

「期待しているよ。あっ、勿論、部下も連れていっていいからね。君たちにぴったりな魔族を選抜しておいたから。あと、あくまでも古代魔法の回収が目的であって、まだ、その時じゃないっていうのを忘れずにね」

　秘書が二人へ、部下に関することが詳しく記載された資料を配布する。

「第二皇女さえ手に入れれば、帝国も聖教国も潰せる。大陸の端へと追いやられてきた魔族の領土を取り戻さないと」

　そう言う、魔王クロノスの瞳は遥か遠くを……それこそ、魔皇七席の誰よりも、更に遠くを眺めていた。

◇

　喫茶店を後にした俺は、特に用事もないが王都内を散歩していた。

　色々なことがありすぎて、何というか落ち着かない。

　まず、アレンが聖剣を持ち出した件。

おそらく今、聖地で起きている出来事のほぼ全てにアレンが関与しているのだろう。

大聖城の地下に牢獄があったことも驚きだが……。

そこから逃げだし、今も逃亡を続けている奴等のことが気になる。

聖騎士によってほとんどは取り押さえられたみたいだけど、未だ捕まっていないものもいるようだし。

王都に影響が及ぶには、まだ時間がかかるだろうが、不安だ。

何より、これではせっかくアイテムを手にいれたと言うのに、プラマイゼロ。

「はぁ……」

どうして勇者とは、こうも身勝手な人が多いのかと、苛立ってしまう。

テスタにしてもそうだ。

言いすぎかとも思ったが、あのくらい言わないと……。

「ひょっとして、自分勝手な性格であることが、勇者の条件だったりするんじゃ……」

まさか……と思う反面、あり得る！　と思えてしまうのが怖い。

氷晶の勇者セリオン。

破壊の勇者テスタ。

そして、元勇者のアレン。

やはり、揃いも揃って身勝手な性格をしている。

実力は確かなんだけど……。

その分、今回のようなことが起これば、それは一冒険者や騎士の裏切りとは比べ物にならないほど厄介である。

おちおち、勇者にも頼ってはいられない。

「もっと強くならないとな」

収納魔法で魔杖を取りだし、それをぐっと力強く握る。

この魔杖を手にいれた責任、とでもいうのだろうか。

何か、重いものを背負ってしまった気がしてならない。

分不相応……という言葉が、今の俺にはお似合いだろう。

それに良くも悪くも、俺の冒険者ランクが上がる。

より難易度の高い依頼をこなしていかなければならないわけだが、果たして今の俺にそれができるだろうか。

いや、できるか否か、ではなくやらねばならない。

ユイたちの足を引っ張らないためにも、精進せねばなるまいな。

「それじゃ、早速鍛錬でも……」

そんなことを一人、考えながら散歩していると、何処からか聞き覚えのある声が聞こえてきた。

「この声……何処かで」

「いやぁ、ロイド！　久し振りだな」

声の聞こえてきた方向へと目を向けると、そこにはクルムとシルビィーの姿があった。

「クルム、それにシルビィーも」

「どうも。お久し振りです。魔石化の時はありがとうございました」

シルビィーが深々と頭を下げる。

「もう、歩いても大丈夫なのか？」

「はい、お陰様で。まぁ、戦闘は以前程機敏には動けないから、お姉ちゃんに頼りがちだけど」

なるほど。

まぁ、無理もない。

こうして一人で歩けているだけでも凄いことだ。

想像以上に良い回復傾向にあるらしい。

当然、それは本人の努力もあってのことだろう。

「お姉ちゃんの支援魔法有りなら、Ａランクってところね」

「え、Ａランクですか」

どうやら、俺の想像を絶するレベルで、リハビリが進んでいるようだ。

頼りがち、という言葉を聞いた時、俺はクルムのサポートを受けながら弱いモンスターでも狩っているのかと思っていたが、それは違うらしい。

頼っている、というのはあくまでも支援魔法の恩恵に頼っているという意味で、既に剣を振り回し、かなり強いモンスターを狩っているようだ。

「それで、なんで王都に？」

「あぁ、今はB程度の依頼をこなしながら、こうして旅をしてるんだ」

「旅？　イシュタルの家は？」

「売り払った」

「売り払った？」

聞き間違い、ではなさそうだが……。

「まぁ、イシュタルは大きな街ではあるが、そこにいる冒険者はそこまで強くはない。だから、強いパーティーメンバーを探しながら、旅をすることにしたんだ。売った金を旅費にあてながらな」

「な、なるほど」

かなり大胆な行動ではあるが、確かにアレンら一行とユイたちが抜けたイシュタルに、クルムに見合う冒険者がいた記憶はない。

「ってなわけで、新たにパーティーメンバーを探しているわけだが、この王都なら冒険者も多いだろ？」

「まぁ、そうだな」

冒険者ギルドに行くだけでも、かなりの人数の冒険者に出会えるだろう。

運が良ければ、強い冒険者にも出会えるかもしれない。

王都は王国内で最も、冒険者を探すのに向いていると言える。

だが、クルムの話を聞いていて、俺には気になることが一つあった。

それは、

「ユイたちのパーティーに戻るつもりはないのか？」

「ない」

即答だった。

その答えには、一切の迷いが感じられない。

「一度抜けた身だしな。それに、イシュタルの英雄で、ダンジョン覇者……その上、聖剣並みのアイテム持ちの白魔導師様がいるんじゃなぁ。うちも弱くはないが、霞んじまう」

「いや、そんなことはないと思うが」

俺が何を言おうとクルムの意志が揺るぐことはないだろう。

「あっ、そうだ！」

「ん？」

「なぁ、此処等で強くて、それでいてソロで活動してる冒険者って知らないか？」

「強くて、ソロの冒険者？」

「あぁ、それもできれば魔法系の……」

強くて、一人で、そして魔法職。

思考を巡らせ、それに該当する冒険者がいないか探す。

強い。つまりはAランクかSランクの冒険者で、尚且つソロの魔法職。

そんな難しい条件で、俺の知っている冒険者なんて……。

「あっ……」

いた。そんな魔法職の冒険者。

一人だけ、クルムの出した条件にぴったり該当する人物がいた。

「知ってるのか？」

「まぁ、一応……」

「ほ、本当か⁉」

俺の言葉に食いつくクルム。

「知り合いなら是非、紹介してくれないか？」

「紹介か……」

「知り合いじゃなければ、名前だけでも！」

知り合いか、知り合いじゃないか。

そう聞かれれば、知り合いと言えるだろう。

共闘し、ダンジョンのボスを退けた仲だ。

しかし、紹介できるかとなると、それは難しいかもしれない。

「えーと、かなりの変わりものだけど、それでも大丈夫か？」

「うちも変わりものだからな。程度にもよるが……とりあえず、名前だけでも頼む」

まぁ、名前だけなら……と、俺は思い当たるその人物の名前を口にした。

「黒魔導師のシノっていう冒険者がいて、ソロで活動している」

「黒魔導師か……ランクは？」

「Sランク冒険者だ。実力は勇者並みだが」

「へぇー、流石は王都。やっぱり、集う冒険者の次元が違うな」

かなり期待させてしまったようだが、ここからが重要だ。

「性格は自由奔放で、制御するのは不可能だと考えてもいいだろう」

「そ、そんなになのか？」

「あぁ、そんなにだ」

ついでに、パーティーに勧誘しても、断られる可能性の方が高いことも、予めクルムに伝えておく。

あれほどの実力だ。

名実共にかなりの冒険者なのだから、何処かのパーティーに勧誘されたことぐらいはあるはず。

だが、そういった話を一切聞かないということはつまり……そういうことだろう。

とは言え、可能性はゼロではない。たぶん……。

「まぁ、一度会ってみたらどうだ？　たぶん、悪い奴ではないし、ひょっとしたら、パーティーに入ってくれるかもしれない」

「そうだな。シルビィーもそれで構わないか？」

「いいよ。判断は、お姉ちゃんに任せる」

そう答えるシルビィー。

その迷いのない返事からは、姉であるクルムにかなりの信頼を置いていることが窺えた。

クルムが妹をどれだけ大切にしているかは、今更言うまでもない。

「いい姉妹だな」

「そうだろ。子供ん時から、うちらは二人で、色んな困難を乗り越えてきたからな」

そう言い、シルビィーの頭を撫でるクルム。

一方でシルビィーは、そんな姉の行動に対し「もう子供じゃないんだから」と、少し恥ずかしそうに顔を赤らめながらそう言っていた。

「そうか」

シノの勧誘も含め、最初は心配に思っていたが、それは杞憂だったかもしれない。

この二人は強い。

二人の様子を眺めていて、そう感じた。

また、そんな二人の微笑ましい限りの姿のお陰で、俺の憂鬱な気分も、いつの間にか晴れていた。

「ロイド、いつもお前には世話になってばかりだな」

ニッコリと笑みを浮かべ感謝の意を述べるクルム。

そんなクルムとシルビィーに対し、「こちらこそ」と返事をし、俺たちは別れた。

二人は「こちらこそ」と言われ、首を傾げていたが、元気をもらったのは事実だ。

こうして、俺は偶然にもクルムとシルビィーとの再会を果たしたわけだが。

この時の俺は知る由もない。

その後、王都内にてとあるパーティーが結成され、後に俺たちのパーティーの最大のライバルとなることを。

番外編

恋敵と好敵手

王都帰還の晩。

数日ぶりに帰宅したシノの家には、見慣れない豪華な食事が並んでいた。

「なんか、やけに豪華だな……」

目の前に並べられた豪勢な食事に、シノは違和感を覚えた。

大抵の場合、今の状況から考え、この食事は帰還を祝ってのものだと納得するだろう。

しかし、

「レティシア……これは？」

満面の笑みを浮かべながら、向かいに座るレティシア。

別に、レティシアがこんな高いレベルの料理を作れること自体は、驚くことではなかった。

料理はレティシアの得意分野であり、普段から任せていたからだ。

だが、過去に一度も、シノに対してレティシアがここまで豪勢な食事を作ったことはない。

それが例え、誕生日やシノがSランク冒険者になった日であろうと。

「いや……」

過去に何度か、自分のためであれば、ここまでではないが豪華な料理を作ったことがあった。

つまり、これから分かることは、レティシアに何か良いことがあったか、あるいは……。

「なるほど、そう言うことか」

その後、シャワーを浴び、部屋着に着替えたシノは、その食卓の前に座った。

その間も、ニコニコと笑いながら、座っているレティシア。

「それで、聞きたいのはユイについての話か？」

「ふふっ、流石は御姉様」

「やはりか……」

肩を落とし、少し面倒臭そうにため息をつくシノ。

しかし、彼女について話すことはやぶさかではなかった。

「分かった。それで、こんな豪勢な食事で機嫌を取ってまで、何を聞きたいんだ？」

「えっ……」

シノの言葉に驚きを見せるレティシア。

「ん？　何か不満？」

「いや……御姉様のことだから、興味ないとか、眼中になかったとか言うかと思ったわ」

「そうだな。確かに、私はユイとロイド、それとリョウエン以外には微塵も興味なかったし、事実見ていない」

ユイもともとはと言えば、眼中にない奴等の一人だった。

たまたま、あの中なら一番強そうな剣士を選んだ結果、予想を遥かに凌駕する剣士であった。

魔法職であれば、体外へと漏れ出る僅かな魔力量から実力を測ることができるし、探知魔法を使えるものにはより明確に相手の実力が分かる。

一方、それに比べると剣士の実力を一見で予測するのは難しいと言える。

特に、剣などからっきしなシノにとっては尚更だ。

それからしばらく、レティシアに聞かれるがままにユイについての話を続けた。

Sランク冒険者の中でも、かなり高度な剣さばき。

魔力を剣にのせ、飛ばす技術。

ロイドの強化魔法を実際に体感したシノも、ロイドの凄さは重々承知してはいるが、それを除いても高い身体能力と言えた。

「知っていたのか？　あの、ユイという剣豪の実力を」

「勿論、私が知らないわけないでしょ！　……と言いたいところだけど、魔力を飛ばすっていうのは初耳ね」

「まぁ、それに関してはあのロイドも言っていたし、恐らく最近身につけた新技か、あるいは奥の手か……」

「どちらにせよ、流石はユイ様ですわ！」

レティシアが歓喜し、更に話を要求する。

「それで、御姉様はどう思ったの？」

「どう思った、か……」

そう聞かれ、思い出されるのはロイドとユイが共闘する姿だった。

その光景を思い浮かべ、自然と口から言葉が溢れる。

「そうだな……。少し、羨ましいと思った……」

自分でも何を言っているのかと、発言したあとで自覚し、撤回しようとする。

「いや、違う！　こ、これはだな……」

「でしょ、やっぱりユイ様は凄いわ。まさか、御姉様に剣の興味を抱かせるなんて」

レティシアはシノの発言を本来の意図とは、違う意味で解釈したようで、嬉しそうに笑みを浮かべていた。

「ま、いいか……」

自分でも何を言っているのだろうかと、苦笑いを浮かべるが、心当たりはあった。

それは和気藹々とした環境が羨ましい、というよりは一人の力の限界を感じたから、ということがかなり大きいだろう。

事実、シノ一人ではあの化け物《モンスター》には敵わなかった。

「ねぇ、御姉様。そのロイドって男についても、話してもらえないかしら？」

「興味あるのか？」

「そりゃまぁ、ユイ様も御姉様も一目置く存在となれば、興味をもって当然でしょ。それに、ユイ様との関係も気になるし」

「関係？」

「いえ、何でもないわ。ただ、恋敵《ライバル》であるか否かを確認したいだけよ」

「好敵手《ライバル》か……。そうだな。私も彼は好敵手《ライバル》として相応しいと認めているしな。頑張らないと」

「お、御姉様!?」

「ん？　どうかしたか？」

「いえ、どうかしたか？　じゃなくってですわね！」


数時間後。

結局、この誤解は解ける以前に、互いに気がつくことすらなく幕を閉じ、また、新たなる不毛な戦いの幕開けとなるのだった。

本書に対するご意見、ご感想をお寄せください。

あて先

〒162-8540 東京都新宿区東五軒町3-28
双葉社　モンスター文庫編集部
「水月穹先生」係／「DeeCHA先生」係
もしくは monster@futabasha.co.jp まで

勇者《ゆうしゃ》パーティーを追放《ついほう》された白魔導師《しろまどうし》、Sランク冒《ぼう》険者《けんしゃ》に拾《ひろ》われる～この白魔導師《しろまどうし》が規格外《きかくがい》すぎる～③

2021年12月1日　第1刷発行

著　者　水月《すいげつ》　穹《そら》

発行者　島野浩二

発行所　株式会社双葉社

〒162-8540　東京都新宿区東五軒町3番28号

［電話］03-5261-4818（営業）　03-5261-4851（編集）

http://www.futabasha.co.jp/（双葉社の書籍・コミック・ムックが買えます）

印刷・製本所　三晃印刷株式会社

［電話］03-5261-4822（製作部）

ISBN 978-4-575-24468-7 C0093

Mノベルス

魔王様、リトライ!

Maousama Retry!

神崎黒音 Kurone Kanzaki
[ill] 飯野まこと Makoto Iino

どこにでもいる社会人、大野晶は自身が運営するゲーム内の「魔王」と呼ばれるキャラにログインしたまま異世界へと飛ばされてしまう。そこで出会った片足が不自由な女の子と旅をし始めるが、圧倒的な力を持つ「魔王」を周囲が放っておくわけがなかった。魔王を討伐しようとする国やら聖女から狙われ、一行は行く先々で騒動を巻き起こす。見た目は魔王、中身は一般人の勘違い系ファンタジー！

発行・株式会社　双葉社